L'Arcipe

235

Pubblicato in accordo con The Italian Literary Agency Srl, Milano

www.einaudi.it

ISBN 978-88-06-23672-4

Diego De Silva

Superficie

Einaudi

Superficie

Cave canem, cave canem,
in hoc signo vinces,
est est est,
mah.

TOTÒ

Il sesso senza amore è cosí triste. Il centrodestra non riesce a esprimere un leader. Ecco perché dopo la masturbazione mi viene da piangere.

Ormai l'unica voce di sinistra è quella di Papa Francesco. La passione si spegne, ma poi c'è la stima a rovinare tutto. Sono cosí garantista che per sentirmi in colpa devo aspettare la sentenza definitiva.

Dio c'è. Perché lo scriva cosí spesso in autostrada, vallo a capire.

La gente non andava mica a sbattere contro i pali, prima che inventassero WhatsApp. Non è vero che a Roma non si fa la raccolta differenziata, sotto casa mia le pantegane la fanno. Se neanche stavolta mi dà lo scontrino, ci litigo.

Uno dei suoni che piú mi riportano all'estate è quello delle zanzare che si carbonizzano nelle trappole a griglia elettrica dei ristoranti all'aperto. Chi l'ha deciso che a una certa età sta bene il dolcevita nero? Provate a concentrarvi sull'attimo che precede la frittura elettrica della zanzara e vi sembrerà di sentire: «Ehi, ma che cazz...?»

La prima volta che non ti ho baciata è stato bellissimo.

Ti rendi conto che non piove da marzo? Spaccate pure in quattro i dati elettorali: prima o poi dovrete fare i conti con quel 50 per cento che non va piú a votare. Ci stiamo tropicalizzando.

Adesso tutti vogliono fare i Macron. Metti via quel cellulare che ti racconto una cosa che non t'interessa. Una delle figure di merda piú raggelanti, e dotata di capillare efficacia retroattiva, è quella che realizzi di aver fatto quando, alla fine di una giornata in cui sei stato in giro e hai incontrato un bel po' di gente, ti accorgi di avere la patta aperta.

Se vuoi capire gli anni Settanta, pensa alla moquette.

Ma i tassisti sono vincolati al segreto professionale, che tutti parlano disinvoltamente dei fatti propri davanti a loro? Oppure pensa ai film col bambino malato, tipo *L'ultima neve di primavera*, *Il venditore di palloncini* o *La bellissima estate*. Compilare un F24 e premere Invio mi lascia l'orrenda sensazione di essermi inchiappettato da solo.

Alle medie avevo un professore che in primavera

si addormentava in classe di continuo: a giudicare dalla faccia che faceva quando si risvegliava, dovevamo fargli proprio schifo. Un'edizione limitata mi fa sentire limitato. Com'era bello il Natale, quando non ti arrivavano i messaggini di auguri.

Se pensi che il tempo non esista, dai un'occhiata a una tua foto di cinque anni fa.

Ma è Berlusconi che ha detto «Chi sono io per giudicare i gay»? Chissà quante copie ha venduto, il bignami dei *Promessi sposi*. I candidati sui manifesti elettorali sembra sempre che abbiano appena cambiato una ruota.

A me Baricco fa impazzire quando dice «Tac», e poi chiude un rubinetto immaginario con pollice e indice. I ricordi dovrebbero rimanere sbiaditi. L'amore ha bisogno di rinnovarsi ciclicamente, come il sangue di Keith Richards.

Da ragazzo capitava che baciavi una ragazza e subito lo raccontavi agli amici che la sera stessa la vedevano baciarsi con un altro, al che venivano a riferirtelo e tu dicevi: «Ah sí, lo so».

Una famiglia non può spendere trenta euro per un ombrellone e due lettini. Allora che ci sta a fare l'Europa? Sono laureato in Lettere moderne: per favore aiutatemi.

Però è comodo avere un governo senza eleggerlo. Quando ti dicono che hai russato, non ci credi mai del tutto. In questo siamo all'avanguardia.

La maggior parte della gente a cui ho sentito dire: «Delle due l'una», ne sbagliava una.

Cosa ve ne frega a voi se Macron si è sposato la professoressa. Ma quanti simboli c'erano, sulla scheda elettorale? Perché, tu la tua professoressa del liceo non te la saresti fatta?
Preferisco le proiezioni ai dati definitivi. Ma a te le milf ti piacciono? Le proiezioni sono letteratura, i dati definitivi matematica.

Mia nonna (che a cinquant'anni era già nonna) non si sarebbe mai sognata di vestirsi cosí.

Il primo che ha messo le milf nelle canzoni è stato Sandro Giacobbe. Ma perché i telecomandi dei televisori degli alberghi non funzionano mai? Sandro Giacobbe, *Gli occhi verdi di tua madre*.
Quando mi fraintendo, mi capisco. A proposito di tua madre, quando se ne va? In quel locale lí, dopo una certa ora arriva il paparazzo degli sconosciuti e si mette a fotografare le milf.

E adesso, subito le riforme.

Ma poi dopo gliele vende le foto, immagino. *Gli occhi verdi di tua madre*? E *Signora mia*, allora? Eccome, se gliele vende.

E piantatela di parlare delle primarie come se fossero elezioni nazionali! *Di notte io guardavo | nella sua finestra chiusa | immaginavo tutto | ma non mi chieda cosa.* Ormai si va dallo psicologo per niente.

Se vedete una cacca di cane, vuol dire che è passato un padrone di merda.

Chissà poi cosa s'immaginava che facesse dietro la finestra chiusa, la signora. Dio, che umidità. Cosa credi che sia, l'amore, un conto in banca?

Speriamo di non avere un'altra estate come quella del 2014, te la ricordi? L'Italia è un Paese di giallisti. Come no: ogni pomeriggio, verso le sei, pioveva.

Negli ascensori degli alberghi, premi zero e ti ritrovi all'ottavo piano.

Sai che ti dico? Se l'amore è un conto in banca, io sono sempre in rosso. È più facile governare l'Italia che amministrare Roma. Cazzo, che poeta.

Che poi vorrei sapere perché, quando arrivi all'ottavo piano e si aprono le porte, trovi sempre due giapponesi che ti guardano allibiti. Sono le infrastrutture, il problema. Vivi, maledizione, invece di guardare il mondo nel tablet!

Ma ti sembriamo una coppia gay, che vuoi venderci la rosa?

In Italia, l'unica legge che ha funzionato è stata quella dei sindaci. Ho bloccato il numero del commercialista ma mi ha chiamato a casa. Quand'è che la abrogano?

Il navigatore mi ha cambiato la vita. Dicono che il partito è una cosa e il movimento è un'altra, ma io la differenza non l'ho mica capita. I bicchieri di plastica degli alberghi sono progettati per far cadere gli spazzolini da denti.

Voglio un passato migliore.

Da quando ho capito come funzionano i phon degli alberghi mi porto dietro lo scotch. Il BlackBerry si è estinto. Dormire in una matrimoniale uso singola mentre la coppia della stanza accanto ansima e mugola, non è esattamente un upgrade.

Sommando i nostri voti con le liste civiche a noi vicine, ne perderemmo molti. Pago già il taxi, devo anche respirarmi l'Arbre Magique? Il camorrista intellettuale legge solo classici.

Ma di cosa stiamo parlando?

La carbonara a Roma la cucinano gli egiziani. Quelli che amano troppo gli animali mi spaventano. Lo vedi quel nero col cappello in mano? È laureato in Ingegneria.

«Cornetto vegano» è un ossimoro. Anche Hitler amava il suo pastore tedesco. Un figlio, piú che un investimento, è un'azione.

Hotel? Trivago.

Quando mi dicono «Attenzione» invece di chiedere permesso, non mi sposto. È stato un napoletano a sventare la rapina. Gioca con moderazione.

Non nominarmeli neanche, i gruppi su WhatsApp. Ma quando mi chiami dall'estero, paghi solo tu o pago anch'io? Infatti non li ho nominati, i gruppi su WhatsApp.

Ma cos'è la banda larga?

«Gioca con moderazione» è come dire: «Non esagerare con l'eroina». Quell'iraniano è piú italiano di te. Lo scopo di questa polemica è di essere piú interessante dei problemi reali del Paese.

Che questo Natale porti a te e ai tuoi cari pace,

serenità e letizia. Cosa ne sai tu, se metto la plastica nella busta dell'umido. Ma quanto sono imbranati i ragazzi di oggi, che devono vendergli i preservativi con l'apertura facilitata?

Non ne posso piú di sentire quella del tipo che va a comprare le sigarette, il tabaccaio gli dà un pacchetto con sopra scritto: «Può provocare impotenza», e lui gli dice: «Mi dia quelle che fanno venire il cancro».

Pino: ci manchi. Ieri ho visto un barbone che leggeva l'*Ulisse* di Joyce. Ma Pino chi?
La tv mi fa sentire solo, che è esattamente quello che voglio. Secondo me sto diventando di destra. Pino Daniele, chi se no.

Il videocitofono è stato un fallimento.

Se ti ha detto che non vuole piú vederti, è perché ha paura dei suoi sentimenti. Gli insegnanti dovrebbero farsi una polizza contro i genitori. Ma me l'ha detto suo fratello.
La società civile è molto piú indietro della classe politica. Se ha mandato suo fratello è perché aveva bisogno di un pubblico, è chiaro, come fai a non capirlo? Se non è mafia, questa.

Sto leggendo un libro.

Ma tu non te lo rifaresti il contorno occhi? Non ci sono abbastanza posacenere per strada. Chi se lo ricorda quel tizio che girava l'Italia con il cartello «È colpa tua: i figli non ti ubbidiscono perché hanno troppi soldi in tasca»?

Quest'anno è un necrologio di vivi. Ma quanto gli volevamo bene al Nokia? Aspettavamo proprio una riforma che detassasse il cibo per gli animali.

Io leggo un po' di tutto.

«Non sono d'accordo con te ma difenderò fino alla morte il tuo diritto a esprimere la tua opinione»: davvero l'ha detto Voltaire? Il mercato immobiliare inizia a dare qualche timido segnale di speculazione. Ma tu conosci qualcuno che davanti a mezzo bicchiere d'acqua si faccia quella domanda cretina?

Tutte le volte che vedo un «Vendesi monolocale» mi viene voglia di separarmi. Sono abbastanza certo che se mi sottoponessi in questo momento a un test d'intelligenza, prenderei un punteggio bassissimo. Secondo me è proprio la cospicua immissione di monolocali sul mercato che ha fatto aumentare il numero delle separazioni.

Napoli non è solo camorra.

Daniele Piombi: ci manchi. Quando mia figlia compra un vinile capisco che mi vuole bene. Si può fare politica anche fuori dal Palazzo, alle Bahamas, per dire.

Sherlock Holmes non ha mai detto: «Elementare, Watson». Non ne avete azzeccata una, è per questo che vi votiamo. Se ti abitui a vedere i film in lingua originale, perdi il gusto delle parolacce in italiano.

È ancora una bellissima donna.

L'amore, dipende mica da te. Ma adesso cosa me ne faccio dei dvd? I risultati li abbiamo raggiunti, ora è il momento di falsificarli.

Il segreto di *The Walking Dead* è che ogni tanto muore qualcuno. Il tempo che impieghi a sentirti a tuo agio in costume è pari a quello che serve agli altri per assuefarsi alla tua vista. In fondo, credo di non averla mai amata.

Ma un titolo come *È facile smettere di fumare se sai come farlo*, non vi fa venir voglia di rispondere: «Grazie al cazzo»?

Nessuna serie tv regge oltre la settima stagione, come il matrimonio. Perché, se li offrono a te due milioni all'anno per condurre un programma, cosa fai, rifiuti? Se c'è un politico che promette l'abolizione della tassa di soggiorno, giuro che lo voto.

Il Kindle non lo uso, me lo porto dietro. Non è per pensare a una cosa sola, ma quando vedi uno (o una) che rivolge un sorriso sornione al telefonino dopo aver letto un messaggio appena ricevuto, vorresti tanto essere al suo posto. Un anziano che si separa non ti restituisce fiducia nella vita?

Tanto non aspiro.

L'errore di Berlusconi è stato non lasciar spazio a un giovane leader. Le coppie sposate copulano in media una volta al bimestre. Qualcuno faccia un'interrogazione parlamentare su questo.

Non provateci nemmeno a dare la colpa all'opposizione, ce la prendiamo da soli. Il vero vincitore di Sanremo è Peppe Vessicchio. Sono d'accordo con quasi tutto quello che è stato detto finora.

Prova a mettere un tablet in mano a un bambino e vedi che subito ci striscia il dito sopra.

I giovani d'oggi si lasciano alla prima difficoltà. Ma poi Bob Dylan è andato a ritirarlo, il Nobel? Secondo me fanno benissimo.

Non era *E la paura e la voglia | di essere soli*, ma

E la paura e la voglia | di essere nudi. L'Italia ha grandi potenzialità, su cui s'è già indebitata fino al collo. I titolari del B&B che la mattina vengono a chiederti, gentilissimi, se va tutto bene, lo sanno che la doccia perde.

Qui non ci rimette il Paese, ci rimette la politica.

E infatti, perché il prossimo Sanremo non lo fanno presentare a Peppe Vessicchio? Non ci crederai, ma mia figlia è diventata un'influencer. Ormai votiamo Pd con lo stesso spirito con cui andiamo a vedere i film di Woody Allen e viceversa.
Non ci credo, infatti. Il problema è che non decresciamo. Peppe Vessicchio for President.

Dai cinesi trovi di tutto.

Mio figlio Alberico ha quattro anni ed è un genio del computer. Non è andato Bob Dylan, è andata Patti Smith. Ma sei cretino?
Lo confesso: mi piace *Temptation Island*. La felicità è uno di quei veri problemi che ci piace definire falsi. Ma cos'è questa moda stronza di mettere gli spaghetti in verticale nel piatto?

Le serie tv sono state superate dal cinema muto.

Sai cosa? Bob Dylan ha rotto i coglioni, lui e il Nobel. L'età è un fatto di calvizie. Voi uomini a certe cose proprio non ci arrivate.

Il sesso è pura ginnastica. Però Crozza ci ha perso, lasciando LA7. Ti ho mai detto che di mestiere faccio il personal trainer?

Non riesco a fare a meno del profumo della carta.

Gli sceneggiati televisivi di una volta erano dei capolavori. Fammi un favore: cerca sul dizionario il verbo «impiattare» e dimmi se esiste. Per rinunciare alle parole bisogna essere generosi.

Paolo Sorrentino non funziona, senza Toni Servillo. La masturbazione è stretching. Io ormai vedo solo RaiNews24, spesso a volume azzerato.

Non ci credo, alle stelle degli alberghi.

Tu adesso ti siedi e mi spieghi il significato della frase: «Questo vino è molto tannico». Ma come la assegnano, la bandiera blu? In teologia non si danno risposte.

Ho già un fastidioso ritardo, se almeno fate il favore di non interrompere. L'hai vista la pubblicità di quello che si alza di notte per andare a sistemare la passata di pomodoro sugli scaffali del supermercato? Pasolini aveva capito tutto.

Comunque Paolo è un talento.

Chissà qual è il contrario di pioggia acida. La prima volta che ho sentito «chilometro zero», ho fatto finta di sapere cosa significasse. Senza la voce di Oreste Lionello, Woody Allen in Italia non avrebbe avuto lo stesso successo.

Il problema non è l'umidità, sono le ascelle. Se pure questa crisi finisse, niente sarà piú come prima. Ti sbagli, ho imparato molto da te.

Chi cita Pasolini non lo ha letto.

C'è gente che va al cinema col precipuo intento di sgridarti quando ti alzi alla fine del film. Ma Gianni Morandi, perché è sempre cosí contento? Io, quando ho visto che la gente restava seduta a leggere i titoli di coda, ho capito che avremmo perso le elezioni.

La lunghezza media delle password wi-fi negli alberghi è 18 centimetri. Alberico ha imparato l'inglese guardando le serie tv senza sottotitoli. Non accettiamo lezioni da chi ha ridotto il Paese in questo stato.

Il pane lo facciamo noi.

Per esempio: qzw__:7&&frmcHj||/o°ç@1w. Le rockstar che escono dalla tossicodipendenza si rovinano la carriera. *The Young Pope* non l'ho visto.

L'internet banking è quel sistema che ti fa fare da casa il lavoro degli impiegati a spese tue. La sigaretta elettronica mi fa cagare. Ho sentito un rumore strano in cucina.

Ma i numeri erotici esistono ancora?

Quella frase è stata estrapolata dal contesto. E io imprenditore dovrei investire in Albania quando in Italia posso minacciare di chiudere la fabbrica? Ho letto pure il contesto, era meglio la frase.

Quando Maurizio Costanzo diceva: «Consigli per gli acquisti», non chiamava la pubblicità, scandiva un tempo teatrale. Ma ce l'hai una vaga idea di quanti siano i grandi attori a cui ha dato la voce Ferruccio Amendola? Però com'è atletico, Massimo Ranieri.

In America, se ti viene un infarto per strada ti tirano fuori il portafoglio e scappano.

Una volta un maniaco ha chiamato mia nonna e le ha detto: «Mi fa una sega?», e lei ha risposto che non vendeva ferramenta. Cesare Barbetti: ci manchi pure tu. E se le allungassimo invece di allargarle, le famiglie?

Gomorra – La serie ha reso celebri un sacco di attori bravissimi che altrimenti sarebbero rimasti sconosciuti. «Rapporto protetto» è un ossimoro. Roberto Saviano è rimasto imprigionato nel suo personaggio.

Nanni Moretti si è molto addolcito.

Delle tre chiavi che ti danno nei B&B ce n'è sempre una che non funziona. In *Gomorra – La serie* tanto valeva metterci i vigili urbani, visto che la polizia al massimo ferma le macchine e chiede patente e libretto. La terza.

Ma come hai potuto dire: «Il nostro non è un rapporto, non è nulla»? Chi trova un calzolaio non lo dice in giro. Roberto lo conosco da prima che diventasse famoso.

Quando un politico dice «Gli italiani non sono stupidi» crede di fare un complimento?

Che parola stronza, «apericena». Noi, senza voi che ci seguite, nemmeno esisteremmo. «Ci fermiamo» significa che poi il telegiornale riprende?

I camorristi non sono mica quelli che si vedono in *Gomorra – La serie*. L'ossatura del sistema economico ha l'artrite. Io e Roberto siamo cosí amici che la sua scorta mi saluta prima di lui.

Rossella, sei una grandissima zoccola.

Se ai tempi del fascismo ci fossero stati gli Intercity, Mussolini poteva scordarselo che la gente andava a dire in giro che i treni arrivavano in orario. *Volare, oh-oh*. Signora, ma una mano davanti alla bocca quando tossisce, no?

Vorrei rottamarmi. Lo sai invece chi mi manca? Raimondo Vianello. Siamo stati insieme due anni, e mi ha detto: «Una sera ti ho amato».

Se un atleta olimpionico facesse in una giornata tutti i movimenti che un bambino fa in un'ora, morirebbe d'infarto.

Roberto? Proprio l'altra sera gli ho mandato una mail. Dopo un antipasto cosí, potrei anche non mangiare piú niente. E ti ha risposto?

Tu hai idea di cosa sia la filiera corta? Sono salito sul treno e non l'ho trovata: allora ho chiesto al controllore e mi ha detto che la carrozza 8 non c'era. La prima volta che ho fatto l'amore, non è successo.

Cosa mi vai in vacanza all'estero, se non hai ancora visto Gallipoli.

Ma a te è piaciuto *Uccellacci e uccellini*? Fabrizio De André a *X Factor* l'avrebbero bocciato. Poesia in forma di rosa.

È un po' che tutti gli opinionisti appena aprono bocca dicono geopolitica. Goffredo è fatto cosí, ogni volta che t'incontra ti dà del venduto ma poi ti abbraccia. Ma come fai a conoscere cosí bene le donne?

Se magari ci spieghi chi megacazzo è Goffredo.

Quando insegnava, Pasolini dava i temi a piacere. Fofi, di quale Goffredo volevi che parlassi. La Corea del Nord mi preoccupa.

Ah, ecco. Hai mai letto una bolletta? Be', fallo: il 90 per cento sono tasse. Tra le mutazioni antropologiche non considerate da Pasolini, metterei anche la zanzara tigre.

Comunque a Goffredo voglio davvero bene.

L'improvviso squillo di un cellulare in un teatro solleva un fastidiosissimo coro di cornacchie civili. *Oh-oh, cavallo, oh-oh.* Il non luogo a procedere non fa notizia.

Prolunga il tuo piacere. James Bond è finito con Sean Connery. Ma la vera innovatrice della televisione è stata Maria De Filippi.

Gloria, manchi tu nell'aria.

Quando avevo sei anni, mio padre mi buttò in acqua e mi disse: «E adesso cavatela da solo». L'imputato se ne fotte alla grande fino alla condanna definitiva. Tu lo sai, sí, che hai un padre cretino?

Ninna nanna, ninna oh, questo bimbo a chi lo do. Alberico già piace alle ragazze. Ma cosa gli passava per la testa agli autori delle ninnenanne di una volta, per promuovere il noleggio dei bambini?

Il Movimento 5 Stelle potrebbe perdere una stella come Cracco?

Chissà quanti figli di Mussolini sono sparsi per il Paese. Un anno all'uomo nero, una settimana alla befana: no, dico, ma ti rendi conto? Io ogni tanto ne vedo uno per strada.

Capisco che tu sia nervoso, ma non è interrompendomi che m'impedirai di cambiare discorso. *Voglio andare a vivere in campagna, aah, aah.* Io sono calmissimo.

Vorrei segnalare, ma adesso non ricordo cosa.

Prova a pronunciare l'espressione «abuso di necessità» a un convegno in Germania, e vedi che ti accompagnano alla porta. Com'è gentile il bancomat a ricordarsi sempre del mio compleanno. E perché dovrei andare a parlare a un convegno in Germania, scusa?

Appena vedo Belpietro in tv mi s'indurisce la mascella. Quelli che sanno cos'è sono forse contrari all'abolizione del Cnel? Il divorzio è il condono degli amanti.

Dovremmo fare un'altra puntata, su questo.

Ho il tuo nome tatuato sulle palpebre e se chiudo gli occhi poi vedo te. Bisogna dare un segnale di discontinuità, non importa in quale campo. Da oggi, allungare il pene fino a 7 centimetri è una realtà.

Siamo all'imbarbarimento. Va' a capire come fa a vedersi le palpebre con gli occhi chiusi. L'ultimo centimetro è un po' deboluccio, eh.

Se il mio vicino è stato rinviato a giudizio per pedofilia, certo devo aspettare il terzo grado di giudizio per sapere se è colpevole, ma non per questo gli faccio accompagnare Alberico a scuola.

Ancora tu | ma non dovevamo vederci piú? non mi ha mai convinto. Quanto avrei voluto vedere un film in cui Fantozzi si trombava la signorina Silvani. E certo, perché doveva essere: *Ma non dovevamo non vederci piú?*

Berlusconi: ci manchi. È un tema interessante. Non ti preoccupare, torna.

Ho un sogno ricorrente. Rapisco una papera al parco e me la faccio all'arancia.

Io non mi amo piú. Quelle non sono rughe, sono geroglifici. È chiaro che abbiamo qualche problema tecnico.

Ma il tempo è galantuomo o tiranno? Se in treno stai guardando un film al computer, nel corridoio si formerà una fila che si bloccherà accanto al tuo posto nell'attimo preciso in cui comincia una scena di sesso. Ora dovrebbe partire il servizio.

Cosa ci sarà da ridere, in una mamma che fa gli gnocchi.

Fanculo le camicie slim fit. Quelli che dicono di andare d'accordo con la suocera mentono. Ma perché mai «menare il can per l'aia», cioè lasciare che il proprio cane circoli nel terreno rassodato

23

e spianato antistante la casa colonica (dove, per capirci, abitualmente scendi a sgranare i legumi), dovrebbe voler dire ciurlare nel manico?

Con la prima delle 3700 uscite, una vite in omaggio e le istruzioni testamentarie per i discendenti che completeranno l'opera. Cosa sei, un badante, che vuoi aiutarli a casa loro? Mi sa che non hai capito la tua domanda.

Sono stato a cena da un amico vegano e ho ruminato tutta la sera.

La ragione per cui vedo i talk show è che spero che gli ospiti litighino. L'Occidente può solo tramontare, lo vuole il nome. Ieri Alberico mi ha detto: «Papà, posso leggerti una favola?»

Digitare il codice segreto avendo cura di non essere osservati. Quando si parla di un film di Woody Allen, ci si sente sempre un po' sceneggiatori e un po' registi. Ma grazie, stavo per annunciarlo ad alta voce, il codice segreto.

«Si metta in fila» dillo ai camionisti che citofonano a tua sorella.

Funzionasse una volta, la cellula fotoelettrica dei rubinetti dei treni. I gabbiani sono i camorristi dell'aria. Mi lasci dire un'altra cosa, prima. Che ne sai tu di un campo di grano. Quelli che al supermercato stanno dieci minuti a leggere le etichette delle confezioni, ma quanto tempo libero hanno? Ogni cabina telefonica che sopravvive è la testimonianza di un mondo estinto.

Non so cos'è il lievito madre e neanche voglio saperlo.

Quindi le medicine hanno anche dei princípî passivi? Certo, se a ottantun anni passeggi da sola su una spiaggia deserta, un po' devi aspettartelo. Conoscete qualcuno che abbia ottenuto un rimborso per insoddisfazione?

Anzi, la cabina telefonica è un fossile moderno. Chi ama davvero ama anche la cellulite. La forbice è sempre piú larga.

Se A è A, A non è non A.

Ti ricordi le pubblicità della ditta Same-Govj? Il discorso è a monte. Come no, i sexy-occhiali: «Sarà un fuggi fuggi generale».

La pinza per lumache fa subito dentista. E le scimmie di mare, allora? Che ne so se ti amo, mi sono appena svegliato.

Ho capito che è chiuso, ma apra.

«Aggiungete dell'acqua e in un secondo le stupefacenti scimmie di mare nasceranno dalle minuscole uova sotto i vostri occhi». Dottore, un bel paio di calzini vero filo di Scozia anche in comode rate, con la massima educazione? «Possono perfino essere ammaestrate!»

Dottore, ma state nervoso? Se io vado a fondo, tu vieni a fondo con me. Secondo me era giusto, imparare le poesie a memoria.

Mentre facevamo l'amore pensavo a te.

«Portando il bracciale Karate tutta la giornata, in qualche settimana otterrete delle braccia potenti». Gli spaghetti li hanno inventati i napoletani in Cina. Va costruita un'altra narrazione di questo problema.

Io ti sento, tu mi senti? La musica al supermercato mi butta giú. Donne! È arrivato l'arrotino!

Le poche volte che ho incontrato la verità, non era mai nel mezzo.

Di Simenon, preferisco i non-Maigret. Lei cominci a rinunciare al vitalizio: perché non rinuncia, ah? Vado in libreria, prendo un libro, lo apro, leggo e non capisco.

Fossi un immigrato e mi sentissi dire che sono una risorsa perché gli italiani non fanno piú figli direi: «Grazie per la considerazione». Ma se avete depenalizzato il falso in bilancio. Non capisco chi fa jogging a Capri.

Com'era il film del piccione sul ramo che specula sull'esistenza, un capolavoro, eh? Ti sputerei in faccia.

Te lo giuro: ho letto l'annuncio di un appartamento in vendita *travato a vista*. L'attimino si è estinto. Preoccupati del giorno in cui andrai a comprare «La Settimana Enigmistica».
Non c'è paragone con il libro. Devo capire cosa provo per la tua migliore amica. Ma se il film non l'hanno fatto.

In fondo sono ancora un bambino che continua a emozionarsi per le stesse cose.

L'importante non è vincere ma partecipare con la squadra che trionfa. I negozi di patatine olandesi stanno chiudendo. Però come parla bene l'inglese Marchionne.
I bambini sanno. Le ragazze sono piú mature. Io ascolto molto la radio.

Oriana Fallaci l'aveva detto.

Camilleri ha dato la stura a una nuova generazione di giallisti. Ma a Batman piace Catwoman o Robin? Grazie, Camilleri.

Tra un po' le sale chiuderanno e i vecchietti non sapranno piú dove andare alle tre di pomeriggio. Ma i giallisti erano otturati, prima che Camilleri li sturasse? Ho letto *L'amica geniale* e *La lingua geniale* nel weekend e lunedí ero attentissimo ai congiuntivi.

Se vinco il Nobel, mando Bob Dylan a ritirarlo.

Si definiscono *comedians*, ma sempre cabarettari sono. Ma tu nella carbonara ci metti la panna? La storia piú bella l'ho avuta con un misogino innamorato.

Ma cosa mi rispondi «Assolutamente sí», che ti ho chiesto un bicchier d'acqua. L'amore è una cosa, l'innamoramento è Alberoni. Io non prendo il dolce, ne mangio un po' da te.

Quel giorno mio padre partiva e io lo salutavo dal binario aggrappato alla mano di mia madre: sai, in fondo credo di essere rimasto su quel binario.

Non c'è atto sessuale piú intimo del bacio. I ragazzi che vendono «Lotta comunista» per strada sembrano Giovani Marmotte. Un cunnilingus, cosí manteniamo le distanze?

I veri amici sono quelli con cui hai condiviso una bocciatura scolastica. Bagnati le mani e non riuscirai piú a lacerare l'involucro di plastica spaventosamente resistente che avvolge la saponetta del bagno dell'albergo. Un Paese civile sa come si emargina un vecchio.

Ama il prossimo tuo, del precedente cazzo te ne frega.

È solo colpa mia, tu non hai niente da rimproverarti, davvero. Adesso mi chiamo train manager ma prendo ancora lo stipendio da controllore. Se non hai almeno un quarto d'ora libero, inutile che metti le mani sotto un asciugatore elettrico.
Non mi ha convinto, però è girato benissimo. Poche cose intristiscono come levarsi un sassolino dalla scarpa. Le colpe dei padri ricadono sui figli che non patteggiano.

Capire le donne è maschilista.

Attenzione: infilarsi in questo cassonetto della raccolta di abiti dismessi può provocare soffocamento. Qualunque cosa si definisca biologica, tenetevela. Sai che proprio ieri, passando davanti a un cassonetto di abiti dismessi, ho pensato: «Oh, quasi quasi mi ci infilo»?
Sono a dieta dall'altro ieri e mi sento già bellissimo. Chiunque abbia messo in giro l'espressione «Abbi cura di te», si sarà sentito molto figo. Ma

come ha fatto a scalare le classifiche una canzone intitolata *Se mi lasci non vale*?

Non so se Dio esiste, ma su Google si trova.

Quando una donna dice no vuol dire sí. Non ho ancora accettato la scomparsa di Bruce Lee. Anche se le chiedi di pagare alla romana?

Il segreto del successo di Bruce Lee era nel miagolio che faceva mentre riempiva la gente di mazzate. Vedrai che t'innamorerai di nuovo. Chiunque abbia impostato la frase in automatico «Sto arrivando!» sui cellulari, si sgarrupi in una discarica.

Cosa bestemmi, se non ci credi.

Per strada ci sono dei cani che si fermano all'improvviso e ti guardano come a dire: «Ehi, ma io e te non ci siamo già visti?» Tu non hai capito niente di me. Prima o poi incontri qualcuno che ti dice che quando vede un film comico piange.

Quando non voglio fare una cosa, me l'appunto. Non c'è felicità che non preveda il pagamento di interessi al limite dell'usura. Ah, Vasco Rossi è vecchio? Portale tu, duecentoventimila persone in uno stadio.

Risolvere un problema mette tristezza.

Quello che mi piace di Netflix è stare tre quarti d'ora a scorrere la schermata dei film e poi non vederne neanche uno. Poche cose umiliano come una tenerezza malriposta. L'amore di questo secolo sviluppa molte piú patologie di una volta.

Le dispiace scambiare il suo posto col mio? Guardi, è solo tra cinque vagoni. Scalfari funziona cosí: prima devi dargli ragione, poi lo ascolti. Le sale d'attesa dei dentisti sono piene delle riviste delle mogli dei dentisti.

A volte mi prende un'empatia indiscriminata verso il prossimo che dura quasi un minuto.

Il cane intelligente è quello che dal balcone guarda rassegnato il cane cretino che strepita a vanvera sul balcone di fronte. Chissà se sono proprio le mogli dei dentisti a portare le riviste già lette nelle sale d'attesa dei mariti, o ci pensano direttamente i dentisti a portarsele dietro quando vanno allo studio. Woody Allen ha bisogno di muse.

Ma perché i piloti degli aerei quando parlano all'altoparlante sospirano? È un virus che gira. Tutti i Paesi sono per vecchi.

«Oops! Questo è imbarazzante!»

Bisogna trovarsi, in certe situazioni, per capire che devi andartene. Nelle famiglie di una volta almeno c'era un po' di pubblico intorno al letto, quando morivi. Per favore, sto lavorando.

Quando a una presentazione un autore straniero risponde in inglese a una domanda, quelli che annuiscono per primi non hanno capito. Neanche in punto di morte ti lasciavano in pace. Ma come ha fatto ad avere tanto successo una fiaba con un lupo che si veste da nonna per mangiarsi una bambina?

Non è bello ciò che è bello, ma ciò che piace alle persone di gusto.

Alla fine di una presentazione di un autore straniero, c'è sempre qualcuno che dice che l'interprete traduceva malissimo. Il miglior modo di risolvere un problema è fregarlo. Ma poi, una bambina che scambia un lupo per la nonna non è una deficiente?

A me pagare le tasse piace. Mangiateli tu, gli spaghetti di zucchine. A me no.

Una volta un tipo è venuto a farsi autografare un libro e poi mi ha detto che secondo lui era un libro di merda.

Da grande voglio fare il perito assicurativo che assiste i clienti morsi dagli scorpioni. Dovremmo smetterla di parlare di maschi e femmine e cominciare finalmente a parlare di *persone*. Tra l'altro, quando Cappuccetto Rosso arriva, il lupo s'è già mangiato la nonna, per cui sono soli in casa: che motivo c'era di vestirsi da trans e rispondere al quiz demenziale?

I comici, se li conosci, sono tutti tristissimi. Insomma, uno che scrive una fiaba che finisce con un'autopsia non è uno psicopatico? Dovremmo smetterla di dire papà e mamma e cominciare finalmente a parlare di genitore A e genitore B.

Ricorda: per quanto il mondo vada male, va sempre meglio di come andrebbe se fossi tu a guidarlo.

Dovremmo smetterla di parlare di cani e gatti e parlare di quadrupede A e quadrupede B. Andiamo sempre piú verso un mondo smaterializzato. Benvenuti nel Paese in cui si campa cent'anni ma ci si rompe i coglioni h24.

Oh, hai visto che figa, il genitore B di Gaetano? Noi non facciamo inciuci con nessuno. Il vezzo preferito dai sindaci è mandare qualcuno a scusarsi della loro impossibilità di essere presenti.

Era entrato in casa, stava frugando in cucina: tu non gli avresti sparato alle spalle?

Una volta il corteggiamento era lungo e faticoso, ma vuoi mettere la soddisfazione di arrivare al bacio. Cosa sono, un immobile, che mi stimi? Secondo me è meglio oggi.

Io non ho letto il libro, ma. Prego, esponga la sua opinione infondata. L'ascensore deve avere qualcosa d'intrinsecamente lercio, per istigare cosí tanta gente allo sputo.

Non so se ho risposto alla domanda che non ricordo.

Senza vittima, che canzone d'amore è? Ci sono giorni in cui qualsiasi cosa accendi, non funziona. Le avevo fatto un'altra domanda.

Mah, se vuole proprio saperlo, non so cos'ho voluto dire, con questo film. I giovani non si ribellano piú. Neanche noi.

E io che desideravo tanto ingerirlo, un soldatino.

Se qualcuno mi spiega come ci si perde in un bicchier d'acqua, lo faccio. Va bene, il mondo è cambiato, ma perché dobbiamo andargli dietro?

Il primo effetto della dieta è che te ne vai in giro come se avessi capito tutto della vita.

Fino al 1971, sulle copertine dei dischi di Fausto Papetti non si vedevano mica, le tette. Un film d'amore è riuscito quando fa litigare le coppie che escono dal cinema. Il secondo è che ti metti a dare consigli sull'alimentazione a tutti quelli che conosci.

Mi piace molto il cinema fransceese.

Quando mi fidanzavo da ragazzo, dopo due o tre giorni mi dicevano che era meglio se restavamo amici. Pisciare per terra nei bagni pubblici rientra nella categoria dei comportamenti innati. Non è che da grande sia andata meglio.

E il paradiso, che forse esiste | chi vuole un figlio non insiste: nessuno sapeva cosa diavolo volesse dire ma la cantavamo tutti a squarciagola. Incredibile come in certi momenti possa tirarti su la brutta notizia di un altro. La tv generalista è cosí in calo che per misurare gli ascolti usano lo spread.

Alla fine, si scrive sempre d'amore.

Il vero amico tace nel momento del proprio bisogno. Nell'Italia democristiana, una canzone in cui una donna chiamava l'amante a casa e quello le rispondeva in codice davanti alla moglie, non faceva scandalo. Sono stato frainteso.

Pensa come siamo ridotti adesso. I ragazzi hanno troppi stimoli per seguire una lezione frontale. Le figure di merda via sms sono piú raccapriccianti di quelle dal vivo.

Non ci metterei la mano sul fuoco, ma mi pare che una volta Cacciari ha sorriso.

Il vero alcolizzato è lucidissimo. Se mio figlio venisse a dirmi che è gay, gli direi: «E allora?» Ti ho detto di non scrivermi piú, mai piú.

Fino a un certo punto ho votato Pd. È una settimana che non mi scrivi, sappi comunque che ti ho bloccato. Se mio figlio venisse a dirmi che è gay, gli risponderei: «Sei sicuro?»

Madonna, le sopracciglia di Trump.

A un tratto sembra che tutti abbiano sempre frequentato l'omega 3. Chissà in che anno si sono estinte le mercerie. Non vi è ancora chiaro che internet è innanzi tutto un'infrastruttura.

Ma vai a cagare. Mike Bongiorno era anche un paroliere. Se c'è una parola che trovo veramente volgare è «vergine».

Quelli che dicono di saper cucinare benissimo il pesce, non è mica vero.

E sí che non avevo mai avuto un hangover. La superficie è importante. Ma quelli che a cinquant'anni portano i jeans strappati, ce l'hanno qualcuno a casa che gli dica: «Ma dove vai, disgraziato?»

La buona fede è un'aggravante. Onorevole lo dici a tua sorella: io sono una cittadina, hai capito? Con Parigi ho un sceerto feeling.

Quando parli, impara a mettere le virgole.

Volendo, il «fuitevenne» di Eduardo si potrebbe leggere come un endorsement ante litteram alla fuga dei cervelli. Io preferisco essere rimandato a settembre, piuttosto che sentirmi indebitato con l'istituzione scolastica. Quando all'improvviso non senti piú niente dall'altro capo del telefonino, è facile che ti esca di bocca la verità.

Anche nel Village mi sento a casa. Che bello andare al ristorante per farsi civilizzare dal maître che ti dice in quale ordine mangiare l'antipasto. Ma perché non rispondi?

Certi giorni le cose non vanno storte, ma semplicemente nel senso opposto.

È la quinta volta che ti chiamo. Un effetto evidente del pontificato di Bergoglio sono le campane che suonano *That's amore* e *When the Saints Go Marching In*. Un minuto fa eri occupata e adesso non rispondi: allora lo fai apposta.

«Bellino» stocazzo. I Frecciaclub sono pieni di businessmen disoccupati che fingono di lavorare al computer. Senti, sai cosa? Adesso cancello il tuo numero.

Ma lei mi ha davvero chiesto un rosso leggero su un maialino caramellato?

Non volevo, scusa. Quello che mi piace degli chef televisivi è il basso profilo. Non l'ho cancellato.

Finalmente torno a casa e posso sentirmi ancora piú figo che in tv. Lo spritz è di destra? Ti prego, rispondi.

Ho un sacco di visualizzazioni ma nessuno citofona.

Da noi i candidati premier si scelgono con il sistema delle nomination. Ma com'è spiritosa Orietta Berti. Se non rispondi è chiaro che hai qualcuno, dillo.

Ma tu pensa il grado d'intimità che devi aver raggiunto per vergognarti di dire a tua moglie che ti tocca alzarti spesso per andare a pisciare. Questo si chiama Attentato alla Costituzione. Non ti avrei mai creduta capace di una cosa del genere.

Chiunque abbia messo in giro la voce che nei villaggi turistici si scopa, ne ha ingannata di gente.

Troia. Ma voi giornalisti prendete sempre tutto alla lettera? Non so cosa sia l'autodeterminazione dei popoli, ma vado a orecchio.

L'interesse non confligge, trionfa. Il gatto fa quel che vuole, il cane quello che vuoi. Guardi che siamo stati i primi a prendere le distanze da questa dichiarazione.

Vorrei tanto avere il senso di colpa dei ricchi.

È cosí cretino che quando fa le parole crociate cerca la risposta su Google. C'è stato un periodo in cui ogni volta che un giornalista apriva bocca diceva Daesh. Ma cos'hai capito?

Ah, se esistessero i cani antiloffa. Il momento piú atteso delle elezioni è quello della dichiarazione pubblica di chi ha perso. I cani antiloffa?

Si è soli senza qualcuno in particolare.

Quando la gente apre il portone del proprio palazzo, fa sempre una faccia fra il disgustato e il depresso. Io sono anche una madre. Sí, che riconoscono quelli che le mollano nella folla.

Ma quanti sono, i negozi di parrucchiere che si chiamano «Dacci un taglio»? Studiare è uscire di casa e a un tratto vedere in giro le cose che hai letto. Certo che ne dici di stronzate.

Nel futuro, tutti saranno famosi per un quarto d'ora. Poi resteranno connessi a internet.

Quando perdo il filo, non sono interessato a quello che sto dicendo. «Ti metto in copia» è una proposta di clonazione? Sii moderno, usa la diligenza del buon padre di famiglia allargata.
Troppo comodo restare insieme quando le cose vanno bene. È un bravissimo venditore. Infatti giusto l'altra sera stavo da dio con la mia ragazza e pensavo: «Quasi quasi la lascio».

La sconfitta elettorale, dice? Guardi, ho la fortuna di avere una famiglia molto unita.

I ristoranti con i camerieri piú fighi dei clienti fanno male alle cene romantiche. Io sono uno che si rialza e riparte. Gli scassacazzo che ci sbattono il telefono in faccia per obbligarci a vedere il video che li ha fatti tanto ridere, hanno idea di quanto li odiamo?
Se pensi prima di parlare, ti perdi qualcosa. Mai letto una prefazione. Ma uno che si dimette deve andare per forza a casa?

Quando qualcuno nomina i droni faccio sí con la testa, so mica perché.

È un po' che quando guardo in faccia chi mi parla temo che capisca che non me ne frega niente di quello che dice. I personaggi televisivi che al Frecciaclub stanno sempre a guardarsi intorno come se si seccassero di essere riconosciuti, poi li vedi che ci restano male se non se li caga nessuno. *Sei ancora tu | purtroppo l'unica*, non è mica carino.

I *Teletubbies* sono già vecchi ma piacciono ai nativi digitali. Il Padre Nostro contiene una delegittimazione esplicita del recupero crediti. Una ragione potrebbe essere l'identità sessuale incerta di Tinky Winky.

Salgari non si è mai mosso di casa.

Quando in banca sento parlare di asset allocation, closed-end fund e blue chip, rivaluto la funzione socioeconomica del materasso e della mattonella. Alle presentazioni dei libri, appena parte un applauso c'è sempre qualcuno che si alza e se ne va. Chi si ricorda i cartelli «Vietato sputare» nei pullman degli anni Settanta?

Alberico l'altro ieri mi ha detto che la balena è un mammifero come me. C'è gente che quando scende dal tram si guarda intorno come a dire: «Chi è che devo picchiare per primo?» Dovrebbe intervenire il Presidente della Repubblica.

Bisognerebbe fare dei corsi per imparare come dire a un bambino che Babbo Natale non esiste.

Il neonato che appare in cielo alla fine di ogni puntata dei *Teletubbies* è una chiara metafora della divinità. Test clinici lo dimostrano. Se Dio esiste, come la mettiamo con le verdure grigliate?

Le cose spiegate perdono valore. Però quanto sono imbecilli i Teletubbies, quando zompano sul posto senza motivo. Avvalersi della facoltà di non rispondere è fare una figura di merda con i sottotitoli.

L'italiano che non vota si candida.

Le top model fanno una vita durissima. Qui solo carni italiane. Perché, quando mangiano i tubby toast?

A spegnere l'interruttore della luce del governo sarà chi, vinto il congresso, avrà in mano la leva del comando. Fossi un'anatra, farei causa all'azienda che usa la mia immagine per vendere detersivi da water. Ma se uno ha la leva del comando perché dovrebbe spegnere la luce?

Ma tanto che vi diverte prendere a parolacce Siri?

Certo che la borsetta di Tinky Winky, oh. Se c'è una frase che istiga al suicidio è: «Tu sei ricco e non lo sai». Non ho mai detto che non ti amo piú.
I disoccupati con blog si chiamano giornalisti freelance. Esiste un sito ufficiale di Topo Gigio! Una donna è fatta di tante stanze: gli uomini limitati si fermano all'ingresso.

Ogni tanto sui giornali compare un'intervista a un'attrice famosa che confessa di non portare le mutande.

Ma i Teletubbies sono tutti orfani? Se non hai il gusto della complicazione non puoi amare una donna. Il falafel ha sempre perso, contro il kebab.
Sai che non mi ero mai accorto che Topo Gigio è biondo? Il cibo è cultura. Ma perché poi Topo Gigio e non semplicemente Gigio? Non è che a vederlo lo scambiavi per un coniglio.

Mettiamo che i Teletubbies, che passano le giornate saltellando a vanvera, guardando programmi deficienti sulla tv digitale captata dai decoder dei reciproci pancini e mangiando tubby toast accuditi dalla badante aspirapolvere, in realtà siano cuccioli di extraterrestre scampati alla distruzione del loro pianeta, e che quella piccola valle verde-plastilina sia tutto quel che resta del loro mondo ormai ridotto a brandelli vaganti nel cosmo, anzi che siano stati proprio i genitori a confinarli lí prevedendo la catastrofe (un po' come Jor-El con Superman), perché si riproducessero impedendo cosí la definitiva estinzione della specie dei Teletubbies (nonostante la sbadataggine di metterci di mezzo Tinky Winky); se tutto questo antefatto narrativo fosse stato previsto dagli autori, non vedremmo i Teletubbies con altri occhi?

La gente va dal medico di famiglia per raccontare le sue disgrazie in sala d'attesa. Sono una persona come tutte le altre. La noia dei bambini ha un'altra profondità.

Se non investiamo in ricerca siamo destinati a restare il fanalino di coda. Di una donna, impara a comprendere i silenzi. Ma il fanalino di coda di cosa?

Dovevamo uscire a mangiare una pizza ma la mia ragazza si sentiva in colpa perché avevamo appena visto un documentario sulla denutrizione in Uganda, le ho detto prendiamo solo una napoletana senza neanche la mozzarella e lei mi ha dato del cretino e adesso non vuole piú vedermi.

E chi lo sa, è come quando dicono: «Veniamo dopo il Burundi» senza specificare in quale classifica. Le nonne moderne sono tatuate. Un leader è finito quando smette di essere un argomento da cena.

Ho un amico la cui moglie non sa se far vedere Disney Channel a sua figlia perché teme che le arrivino dei messaggi diseducativi. Certo che nei western la gente era davvero trucida. Queste cose andrebbero esplicitate in una clausola da approvare separatamente, prima di unirsi in matrimonio.

Quando ti dicono: «Fatti due domande», puoi fermarti anche alla prima.

Le ragazze che ti portavano a vedere i film di Rohmer avrebbero dovuto dartela per contratto. Veniamo dopo l'Uruguay. Per riprendermi da *Le notti della luna piena* ci ho messo tre giorni.

Se lo conosci, Sgarbi è una persona piacevolissima. Io *Il raggio verde* non me lo dimentico piú. Nientedimeno, esiste un Indice della Qualità della Vita.

Le donne leggono la recensione della copula appena conclusa sul soffitto della camera da letto.

Eh sí, *Le notti della luna piena* era impegnativo, ma nel *Raggio verde* non succedeva veramente un cazzo. La percezione del valore d'acquisto della moneta è quella cosa che ti fa bestemmiare intorno al 12 del mese. Veniamo prima dell'Etiopia.

Ma perché, vogliamo parlare del *Sapore della ciliegia*? Mi stavo suicidando, mi stavo. Paolo Mieli è un uomo molto alla mano. Quello era Kiarostami.

Ma da quando l'autocritica si chiama onestà intellettuale?

L'opinionista è uno che per mestiere ha qualcosa da dire su tutto. In ordine alfabetico, veniamo dopo la Danimarca. Ma come avrebbero fatto questi cantori dell'immobilità a sopravvivere senza le ragazze che ci deportavano a vedere i loro film?

Perché le cose, nella vita, bisogna allestirle. Pensi di conoscermi solo perché stiamo insieme da vent'anni? Nell'intervallo del *Raggio verde*, fra noi estranei ci scambiavamo la disperazione con gli occhi.

C'è gente che non si lava al preciso scopo di prendere l'ascensore.

Stare sempre incazzati è un modo di dare a intendere di avere molte responsabilità. Quante amicizie sono nate durante quell'intervallo. Ci pensi, una segreteria telefonica che al posto del minuetto di Boccherini ti fa sentire la registrazione di un orgasmo?

I ricordi servono a svalutare il presente. Un vigile indaffarato diventa insensibile all'infrazione. Non so chi sono, figuriamoci se mi chiedo da dove vengo.

Il segreto di Sophia Loren è che all'improvviso tira fuori una battuta che ti fa dire: «Ma senti questa, oh».

La gente ha diritto di non sapere. Il porno non tira piú. Questo lo dici tu.

Al liceo credevo che la fisica mi piacesse, poi mi hanno interrogato. Quando la mattina mi sveglio ce l'ho già con qualcuno. Ma se il pubblico non vede l'ora di emozionarsi, vuol dire che ha una vita anaffettiva?

L'importante non è vincere, ma governare.

Offri un biglietto aereo a qualcuno che sta sempre a lamentarsi e troverà subito tre scuse per non partire. Uno dei ricordi piú nitidi della mia infanzia è mia nonna che bofonchia, parlando tra sé e sé: «Beato chi non ha niente». Ogni tanto incontri l'amico di un aiuto cuoco che ti dice che non dovresti mai entrare nella cucina di un ristorante.

E che faceva tua nonna? Le parole dei tromboni sono pietre laviche. Era amministratore delegato, il nonno era un cococò.

Cos'ho da fare oggi? Ho molto da lavorare su me stesso.

L'accalorarsi in una discussione è inversamente proporzionale all'interesse che si nutre per l'argomento della medesima. Detesto essere proprietario di cose pagate a caro prezzo, se le ho comprate io. Sono cosí traumatizzato dai monologhi del pappagallo stronzo del palazzo di fronte che l'altro giorno in aereo l'ho sentito chiaramente due volte, la seconda in fase di atterraggio.

Se potessi esprimere un desiderio direi: che nel mondo ci fosse un po' d'entusiasmo. Secondo me devo avere una natura da povero. Fin da piccolo ho sempre trovato belle le mucche.

Ho un socio al 50 per cento, si chiama Stato.

Certo che sfiga, Camilleri, diventare ricco e famoso quando aveva già una certa età. Se potessi esprimere un desiderio direi: che le modelle di Victoria's Secret facessero la fila per darmela. Forse ho risolto il problema del pappagallo stronzo: gli ho insegnato a bestemmiare.

Chissà se è vero che i camerieri scatarrano nei piatti dei clienti antipatici. Quando Fabio Volo esce con un romanzo inchiappetta tutta la letteratura italiana. Molta gente è di cattivo umore perché sa di essere malvestita.

«Capisco quello che vuoi dire» significa «Non sono d'accordo con te».

Se gli autori di *Anima mia* fossero vissuti nella Roma moderna, si sarebbero guardati dallo scrivere un verso come: *Nel cuore aveva un volo di gabbiani*. L'Italia che rimuove. Fabio Volo ha successo perché non è pretenzioso.

I cinesi si stanno comprando l'Italia. Almirante andò al funerale di Berlinguer: avrei preferito il contrario però ho apprezzato il gesto. Non capisco chi studia le piante, ma almeno a uno che ama le piante non ho mai sentito dire che le piante sono meglio degli uomini.

Però è bravo, Fabio Volo.

Abbiamo una comprensione molto vaga del concetto di leasing. Il filosofo è uno che vive di quelle domande che la gente si fa quando la vita non le torna. È la pietà che tiene insieme un sacco di coppie.

Ma quanti cantanti hanno cambiato, i Cugini di Campagna? Voto benissimo senza sapere cos'è il bicameralismo perfetto. Quanto mi fa sentire cool viaggiare con un solo bagaglio leggero.

Viviamo in un'epoca in cui puoi telefonare andando a spasso, sapere qualsiasi cosa in qualsiasi momento sfiorando un tasto e avere un'erezione con una pillola, e hai il coraggio di dire che era meglio prima?

Da bambino, trovavo la vecchiaia bellissima. Quelli che hanno la brutta abitudine di non guardare in faccia le persone quando parlano, lo sanno che poi vengono evitati come se portassero sfiga? Lando Buzzanca meritava di piú.

Davanti alla domanda: «Qual è il posto piú strano dove l'hai fatto?», la quasi totalità degli interrogati scopre la vocazione impiegatizia della propria vita sessuale. E io da bambino credevo che gli adulti sapessero quello che facevano. Ma quanti anni hanno i Cugini di Campagna?

La vita non è tua, è in franchising.

Chi è il pusher di Edward Hopper che ha riempito i bar del mondo della riproduzione di *Night-*

hawks? Quello che mi piace della filosofia sono le domande inopportune. Chi pensa che l'avaro sia mosso dal timore che i suoi averi si prosciughino non ha capito quanto lo arrapi il possesso in sé.

Chi glielo doveva dire, a Raffaello, che i suoi angioletti sarebbero finiti nelle testate dei letti matrimoniali. Quando, e soprattutto perché, abbiamo cominciato a bere acqua frizzante? Non sono maschilista, ma se vai al lavoro col tacco 12 poi non parlarmi di quote rosa.

Chi si cerca su Google, generalmente non ne ha motivo.

Una persona meravigliosa come te merita di meglio. Perché si dice maschietti e femminucce e non maschiucci e femminette? Ma vafangul', va'. So che mi pentirò mille volte di quello che ti sto dicendo. Non si è fatto abbastanza contro la forfora. Da qualche notte sogno gente che parla male di mio cugino mentre io me ne sto lí che non dico niente perché capisco d'essere d'accordo.

Se per vederti bello devi avvicinarti molto allo specchio, non lo sei.

Il raffreddore deve sfogare. Ogni volta che compravo qualcosa al mercato, a casa mi dicevano: «Gli hai dato i soldi che ti ha chiesto, eh?» Se c'è un mantra che ha rotto i coglioni, quello è la vocazione della sinistra alla sconfitta.

Per una giovane donna, un giovane zerbino maschio sarebbe capace anche di comprare un merlo indiano per poi salire su una collina e liberarlo: io, per esempio, l'ho fatto. Quando vedo una barretta di cioccolato equosolidale mi viene voglia di Nutella. Che poi il vero fondo dei fondi non è l'acquisto del merlo, ma la trasferta in collina.

Non è incredibile che si producano ancora francobolli leccabili?

Ci dev'essere una scuola che addestra i fruttivendoli a venirti vicino mentre scegli i pomodori o le zucchine e a dirti: «No, dottò, questi non sono per voi». Ma la borsa dell'acqua calda si usa ancora? Quando in autostrada aguzzi la vista per decifrare la scritta che lampeggia a 400 metri di distanza e poi leggi: «Guida con prudenza», il tuo pensiero va subito alla mamma dell'autore di quel cartello.

Davanti alla richiesta di pagamento in nero dell'idraulico venuto a ripararti il water, crolla ogni discorso di principio. Non sono mai andato a puttane, tranne un paio di volte. Ma perché quando Berlusconi va in televisione tiene sempre dei fogli in mano?

La teoria della relatività non è mica quella che pensano tutti.

Ma poi cosa rappresenta la borsa dell'acqua calda? Bisogna saper parlar male degli altri. Un bambino, secondo me.

Dimmi se | dimmi se | per amor tuo mi devo far | 'sta figura. Le richieste di attenzione non sono mai esplicite. Quello che manca a Roma è uno storytelling.

Che periodo meraviglioso, quello in cui non ci si vede mai.

Ma puoi sentirti dare dello stronzo se non hai saputo interpretare una richiesta implicita? Non conosco nessuno (intendo maschio) che non abbia mai ucciso una lucertola. Un'amica di mia madre le ha detto di aver pianto davanti alla tomba di Lorenzo il Magnifico.

In fondo lo so, che quello che dico di ricordare dell'infanzia non è vero. Un'amica di mia madre (sempre la stessa) le ha detto di aver litigato con il marito per divergenza di opinioni su Nietzsche. Quello che rende imbarazzante alla pronuncia il passato remoto del verbo essere è la lettera *f*.

Ai miei tempi, il concetto di Nuovo Album con Due Inediti sarebbe stato intollerabile.

Tu diresti mai, che so, «quando mi fui laureato», senza storcere la bocca? Mia madre ha un'amica proprio cretina. Che delizia, le meringhe di Arione.

Non che il marito sia intelligente. Se lo squalo ha attaccato, è perché ha preso il surf per una foca. E non hai mai assaggiato i fiocchi di neve di Poppella.

Puoi tirartela quanto vuoi che per te la tecnologia non è importante e tutte quelle chiacchiere lí sulla vita reale eccetera, ma se non ti squilla il cellulare per piú di un'ora cominci a chiederti cosa c'è di sbagliato in te.

E poi già che c'era ha detto: «Adesso mi mangio anche il surfista». Quando sento il peso dell'identità, vado al supermercato. L'analogico è in rimonta sul digitale.

Nel preciso istante in cui sento certe suonerie, mi viene istintivo voltarmi per scannerizzare chi le ha scelte. Però che sfiga, vivere nella preistoria. Ogni giorno un cane sbrana qualcuno, e voi state a farla tanto lunga sulla pericolosità dello squalo bianco.

No, no: voi cominciate pure.

Un uomo che stira, un certo effetto lo fa. A volte ho nostalgia del tubo catodico. I letti, in generale, non sono mai abbastanza lunghi.

Guarda: se sei in acqua e ti trovi uno squalo di fronte, non hai nessun motivo di aver paura. Sapessi cosa sono, sceglierei i bond a breve termine. Che hai detto, scusa?

Se vuoi che ti odi, portami a fare una passeggiata naturalistica.

Secondo me Quentin Tarantino fa i suoi film per giustiziare cinematograficamente i figli di puttana che l'hanno fatta franca. Avrà anche la sua funzione, ma il filo spinato è da abolire. Qualcuno ricorda la leggenda metropolitana secondo cui le gomme da masticare erano fatte con le budella dei topi?

Chi vanta un'infanzia felice, l'ha avuta normalissima. A me non va mica tanto questa storia che l'Uomo Ragno venga chiamato Spider-Man. Dall'oggi al domani abbiamo lasciato la tovaglia matrimoniale per mangiare in tovagliette separate.

Ogni volta che mi sono state regalate delle perle di saggezza tipo: «L'aquila può restare a volteggiare per ore nel cielo in attesa di avvistare una preda», ho risposto: «Ah», ma ho sempre pensato: «E chi se ne fotte».

Una volta – una sola – prova a metterti nei panni di una persona anche un po' piú vecchia di te che lavora in una carrozza ristorante. Che pena, il periodo in cui andava di moda mettersi in disparte e fingere di star male. Non ho alcuna idea del perché mi addormento di schianto sul divano davanti alla tv e poi rimango sveglio quando vado a stendermi sul letto.

È vero o no che Terence Hill e Bud Spencer erano Asterix e Obelix? Non mi piace la fidelity card perché fa passare l'idea che la fedeltà convenga. Dopo i cinquanta ti viene nostalgia della noia.

I condomini del palazzo di fronte che incroci con lo sguardo quando apri la finestra al mattino si dividono fra quelli che ti salutano (magari addirittura sorridono) e quelli che ti fissano come se stessi pianificando di svaligiargli la casa.

Che nostalgia, i tempi in cui ti batteva il cuore alla prospettiva di vedere un porno. Perché dài, è tanto bello rimanere dove sei. In che anno si sono sciolti i Talk Talk?

Il gioco preferito dal bambino è quello che s'inventa con la PlayStation che trova in casa. Non capisco chi frequenta i parenti. *Anima mia | nella*

stanza tua | c'è ancora il letto come l'hai lasciato tu:
quindi dormivano in camere separate?

La difficoltà di scovare l'indicazione del tempo
di cottura su un pacco di pasta è pari a quella del
reperimento del lembo di sollevazione di un roto-
lo di scotch.

Chissà se c'è ancora il numero di telefono dell'o-
ra esatta. Negli anni Settanta, a Salerno, quando
ti dichiaravi a una ragazza dovevi dirle: «Ci tengo
per te». Il Dna è l'Iban dell'essere umano.

Ma davvero tutto quello che avrebbe voluto sapere il protagonista di *Anima mia* era se lei avesse ancora freddo nella notte e avesse sciolto i suoi
capelli oppure no? A una telefonata che arriva da
un numero non memorizzato si risponde con diffi-
denza. Io non avrei mai comprato un'obbligazione
subordinata solo per via dell'aggettivo.

Il bello dell'essere nel giusto è che all'inizio lo
sai solo tu.

E con questo? Nessuno scrittore pensa di esiste-
re abbastanza. L'arrivo dell'estate disinibisce chi
non si può permettere di spogliarsi.

L'aspetto negativo dell'addormentarsi nella sala d'attesa di uno studio medico è venire scaval-
cati nel turno e poi sentirsi dire: «Non ho voluto

svegliarla». Non conosco nessuno disposto a confessare di avere del tempo libero. Far finta di non capire mi stanca tremendamente.

Quando all'altoparlante della stazione dicono «Il treno è in ritardo per un guasto temporaneo», credono che il viaggiatore pensi «Che culo che non è definitivo»?

Mi porto meglio gli anni dei mesi. Lo so che quello dei cambiamenti climatici è un problema serio, vorrei tanto preoccuparmi. Ma il celebre gioco «Nomi, Fiori, Frutta e Città» come si chiama?

Al cenone di Natale c'è sempre una zia che ti confida che quando viene abbattuto un albero le viene da piangere. Non trovate che nella seconda parte di *C'eravamo tanto amati*, Gassman somigli a D'Alema? Otto canzoni d'amore su dieci hanno un cuscino nel testo.

Tutte le volte che ho detto «Vorrei tanto», non volevo.

Fin da piccolo mi sono sempre chiesto perché gli esseri umani amano disgustarsi con manovre apposite, tipo stringere un fazzoletto fra i denti o stropicciare un batuffolo di ovatta. La parte dell'annuncio di un ritardo ferroviario che piú m'infastidisce è: «Ci scusiamo per il disagio». E leccare la maniglia di una porta no?

Se lo avesse depositato alla Siae, sai che fortuna avrebbe lasciato ai suoi eredi l'inventore di «Cercare un ago in un pagliaio». Stipulare una polizza assicurativa, dopo una prima sensazione di adempimento a un dovere che avresti dovuto compiere da tempo, ti fa sentire scemo. C'è gente convinta di poter ritrovare i sapori dell'infanzia.

La funzione primaria della parola «vita» è quella di dare enfasi a una frase vuota.

Non succede mai, finché non succede a te. Sotto una macchina da body-building è facile venire folgorati da domande filosofiche fondamentali come: «Chi cazzo me lo fa fare?» Un anziano che rosica non ha capito quanti anni ha.

Specialmente in aeroporto, s'incontrano un sacco di controfigure di gente conosciuta. La tecnologia ha abolito gli scherzi telefonici. Soltanto un'epoca intrinsecamente cretina poteva concepire l'homeschooling.

Se stai pensando di divorziare ma non sei ancora sicurissimo, non perderti il pranzo di Natale in famiglia.

«Ne prendo atto» vuol dire «E chi se ne frega». Un pompino ben fatto cambia radicalmente la poetica di un artista. Pure «rischio calibrato» è un ossimoro.

Se derattizzi a Bolzano con un veleno al cioccolato, ventiquattr'ore dopo i topi di Palermo lo sanno. Classificare una perversione sessuale con un'espressione inglese toglie qualcosa di fondamentale alla perversione stessa. Ma le pantegane usano i social?

Io non porto rancore, lo custodisco.

Sono affascinato dalle svariate intonazioni della parola «Pronto» e non mi fa alcun effetto la formula «Tramonto della società occidentale». La prossima guerra sarà per l'acqua tonica. Il Rosatellum ricorda tanto quei fondi obbligazionari con una piccola quota azionaria a rischio calibrato.

Quando vedo la pubblicità della passata di pomodoro con gli archi in sottofondo mi viene voglia di commuovermi su un'amatriciana. Mi sono sempre fidato del resto che mi davano i commercianti. Avere molti impegni è un'irreparabile perdita di tempo libero.

Un giorno che proprio non ne potevo piú di un ex compagno di scuola che non mi salutava per strada, l'ho fermato e gli ho detto: «Ascolta, ciccio, ho capito che vorresti far passare il messaggio che il passato non conta e incutermi una certa soggezione standotene tutto impettito nel tuo completino antracite (peraltro, consentimi, di modesta fattura) per darmi a intendere di essere un professionista arrivato, ma il ricordo di te che ti cacavi apposta addosso impuzzolentendo tutta la classe per non essere interrogato e quello della professoressa Maria Assuntina Chiancone che un pomeriggio di novembre (facevamo i turni pomeridiani, all'epoca) al colmo dell'esasperazione si alza dalla cattedra e urla *Basta! Questa storia deve finire!* è assolutamente indelebile».

C'è un che di profondamente umano nel disapprovare pubblicamente una cosa di cui sai benissimo che saresti capace anche tu. La formula «La legge è uguale per tutti» non ha qualcosa di tetro? Ci sono due categorie di utenti dei bagni dei bar: quelli che non centrano il vaso e quelli che non tirano lo scarico.

In età adolescenziale, avere una sorella prosperosa condiziona pesantemente le relazioni sociali. Un altro mondo è impossibile. Tutto scade: perché le paure no?

Sono d'accordo con Baudelaire.

Il piú costoso dei computer che deciderai di comprare avrà sempre qualche difetto congenito a cui ti abituerai senza stare a farla lunga. L'uomo in frac era un nobile decaduto che non riusciva ad accettare la fine del suo regno. Cosa che non accade con i difetti delle persone con cui convivi.

Ma a un vigile piace di piú dire «Patente e libretto» o «Favorisca i documenti»? C'è stato un periodo in cui alle presentazioni di Dacia Maraini qualcuno dal pubblico le chiedeva sempre la differenza fra femminismo e femminilità. Secondo me il tonno pinne gialle è una leggenda marittima.

Ogni tanto, per strada, scambio le persone per manichini.

Chissà come faceva Dacia Maraini a trattenersi dal rispondere «Chiedilo a tua sorella». Quello che piú mi irrita dei frangenti in cui mi sento cretino è accorgermi di esserlo diventato. La tecnologia è quella cosa che ti cambia la vita senza chiederti il permesso.

Il primo figlio è figlio dell'amore, il secondo dell'esperienza. Quello per Ramengo è un viaggio senza ritorno? E il terzo dell'idraulico.

Trovo che ci siano tracce di Leopardi, in me.

Negli anni Novanta in tv ogni due per tre ci si alzava in piedi per fare un minuto di silenzio. Mi hanno detto che se nel mondo ci sono le guerre è anche colpa mia: sono mortificato, non intendevo. Gli astenuti sono sempre molto preoccupati per come vanno le cose.

Le code sono piene di politologi. Se dici a una donna che la sera prima l'hai sognata e lei cambia discorso, abbi l'accortezza di non aggiungere «Ma cos'hai capito?» perché raddoppi l'effetto-palo. Ma perché bisogna copiare tre volte gli stessi dati su un modulo di conto corrente postale?

Quando da ragazzi non si acchiappava, ogni tanto partiva la domanda: «Da quanto non scopi?», e la risposta fissa era: «Mmàh. Un paio di mesi».

La politica non sarebbe sopravvissuta cosí a lungo, se non fosse stata contigua alla mafia (non so se si capisce il ribaltamento). Giuro che fino a cinque minuti fa non avevo idea di cosa fosse la bambagia. *Mi sono innamorato di te | perché | non avevo niente da fare*: «Oh, ma grazie, sono davvero lusingata», disse la ragazza a cui era dedicata la canzone.

Da quando «plin-plin» vuol dire pisciare? Credevo di lavarmi correttamente i denti, poi la mia igienista si è portata la mano alla fronte. Ogni tanto vedo per strada qualche ragazzino vestito come il sociopatico di *Mr. Robot*.

Una delle ragioni fondamentali per cui una coppia si forma è quella di godere del privilegio di rispondere «Niente» alla domanda «Ma che hai?»

Se i social hanno un merito è quello d'innalzare esponenzialmente il tasso di figure di merda dei politici che li usano. Era cosí delusa dalla mia igiene orale che nelle pause della detartrasi al posto di dirmi «Sciacqui pure» mi diceva «Si lavi i denti». Fossi uno psicologo, sarei interessato a scandagliare le ragioni profonde per cui le tastiere dei bancomat istigano alla percussione violenta.

La storia t'insegna se l'hai studiata. Dopo sono andato a farmi un Negroni col collutorio. Le letture dei risultati elettorali fatte dagli scornati somigliano tanto a quelle che facevamo al liceo quando prendevamo i pali dalle ragazze.

Il modo migliore per essere felici è esserlo stati.

Ho troppa paura di perderti, dobbiamo lasciarci. Ai miei tempi non vendevano mica il cioccolato con le percentuali. Che cosa?

Se a cinquantadue anni cominci ad andare in bicicletta, è partita la manutenzione (tua). Sapevo che avresti reagito cosí: fa' finta che non ti abbia detto niente. Chiedi chi erano i Beatles.

Quando cadi devi rialzarti, se non hai fratture.

Ma come faccio a fare finta di niente, hai appena detto che vuoi lasciarmi. Quando alle presentazioni non va nessuno, l'autore passa la serata a sorridere. Non ho detto questo.

Errare è umano, volersi fare subito un selfie quando si è venuti di merda nel primo ancora di piú. Ma cosa fai, piangi? Va bene che bisogna lasciar scendere prima di salire, ma datti una mossa.

Non è che dobbiamo sentirci vivi per forza.

Ma vedi se adesso sono io che devo consolare te. Volete mettervelo in testa che non ci sono i soldi per riparare le buche di Roma? Non fare cosí, ti capisco, davvero.

Oliviero Toscani è un genio. Oggi la gente non si rapporta, s'interfaccia. Non lo dico io, l'ha detto Socrate.

Amare tanto, di nuovo, no.

Se avete bisogno, potete chiedere. Uno che crede in se stesso, chi crede di essere? Un fiore, in fondo, è una vigliaccata.

Certo che la lavagna in ardesia pareva tanto uno strumento di tortura. Esserci quando serve non è mica casuale. Ah, ecco cos'è l'ardesia.

Il cinema francese è la vita con molte piú parti noiose.

I cattivi maestri saranno anche cattivi, però come insegnano. Nella polemica di coppia, il messaggino è la battuta che non ti è venuta quando litigavi di persona. C'è un momento nelle cene in cui almeno un paio di convitati si convincono di essere in un talk show e sparano percentuali a capocchia.

Se c'è una cosa che non sopporto quando m'incazzo è calmarmi. Ma uno che all'occorrenza fa mente locale, di solito pensa in grande? Chi accetta le persone per quello che sono non sa stare con gli altri.

L'amore è una cosa semplice. È la coppia che è un casino.

Lasciamo che i bambini si sbuccino i gomiti, Santo Dio. Certo è strano che Totò facesse ridere, con la faccia che si ritrovava. Volevi dire le ginocchia.

Quando un fumatore ha un attacco di tosse convulsa, qualcuno nei paraggi lo guarda sempre con una riprovazione di carattere squisitamente politico. Già un caso internazionale, venduto in Portogallo. Se fossi di Domodossola, mi darebbe abbastanza fastidio che la mia città venisse citata solo per fare un favore alla lettera D.

La morte supervaluta l'identità di chi ne aveva pochissima.

Il successo di *Disperato erotico stomp* dipendeva dal fatto che nobilitava la masturbazione. Se proprio vuoi fidarti delle tue impressioni, limitati alla prima. Era una pippa pop.

Il momento che le scarpe preferiscono per slacciarsi è quello in cui hai le mani occupate e un treno in partenza. Siamo per una legge che non faccia sconti a nessuno, a parte gli imputati che patteggiano. Caratteristica imprescindibile di chi si lamenta è cercare una spalla.

I calzini si bucano sempre sugli alluci.

Ma che significa «schedulare»? Quando un politico italiano diventa padre, o lascia la politica o scrive un libro o fa entrambe le cose. Tutte le volte che la mia dirimpettaia si affaccia alla finestra per sbattere il tappeto a mano libera, so che di lí a un momento mi cercherà con gli occhi come a dirmi: «Cazzo guardi?»

L'eventualità dell'esistenza degli Ufo mi ha sempre lasciato indifferente. Sono ammessi solo cani di piccola taglia portati in borsa. Quando negli anni

Settanta in Italia si cominciò a parlare di dischi volanti (soprattutto grazie alla serie televisiva *UFO*), se si chiedeva a un ragazzino cosa volesse dire la parola Ufo, quello recitava a pappagallo: «Oggetto volante non identificato», ma non sapeva cosa stava dicendo.

A volte mi faccio delle domande veramente strane, tipo: «Il coniglio dal muso nero della canzone di Marcella, oggi quanti anni avrebbe?»

Quando t'infili il secondo calzino e scopri che pure quello ha un buco, ti dici: «Vabbè, già che ci sono me lo lascio e lo butto domani», e per tutto il giorno sei diviso fra il fastidio del dito contro l'interno della scarpa e il sottile piacere che la sensazione ti trasmette. Le bottigliette di minerale distribuite da Trenitalia sono progettate per cadere appena le appoggi sul tavolino. Chi dice di amare anche i difetti dell'altro, non dice sul serio.

Mai successo di trovarvi seduti accanto a un deficiente con le cuffie che pronuncia ad alta voce frasi tipo: «Mandami le proiezioni?» Ai tempi del liceo, ogni tanto una ragazza molto gentile ti diceva che se non fosse stata già impegnata si sarebbe messa con te. Appena riponi una cosa nella convinzione di non doverla piú usare, ti serve.

Diciamolo, una buona volta, che l'infamia non è l'opposto della lode.

Quando t'infili quel secondo calzino bucato, succede pure che te ne dimentichi e qualche ora dopo entri in un negozio per misurarti un paio di scarpe che ti piacevano. I have a dream (1): un selfie con Razzi. E la commessa ti guarda, irresistibilmente attratta dalla rara congiuntura di due calzini bucati.

In ogni condominio c'è un piano abitato da stronzi. I have a dream (2): trovarmi a passare subito dopo il momento sbagliato. La cosa incredibile è che, quando vengono venduti gli appartamenti di quel piano, li comprano degli altri stronzi.

Il 6 marzo 1984 ho ricevuto la telefonata anonima di una ragazza che mi ha detto: «Ti vedo spesso per strada e mi piaci un pochino, ti va se ci vediamo?»; io le ho chiesto chi le avesse dato il mio numero e lei mi ha risposto se mi sembrava una domanda da farle, dopo quello che mi aveva appena detto.

Ci sono sonni in cui, piú che dormire, pensi. L'insuccesso del libro elettronico è dovuto alle scarse possibilità di petting offerte dal prodotto. Se Liam e Noel Gallagher fossero andati d'accordo, gli Oasis non sarebbero mai esistiti.

Ogni volta che sali nella macchina di qualcuno, ti arrivano le scuse anticipate per il disordine: ma è dello sporco che si scusano. Parlare in faccia è da mediocri. Una delle principali attitudini di Facebook è quella di fornire aggiornamenti in tempo reale sulla vecchiaia degli altri.

I have a dream (3): un'applicazione che ti permette di scambiare il piatto che hai ordinato con quello che hanno appena servito a un altro tavolo.

Il giorno in cui decidi che quella è la tua penna preferita, la perdi. Un match politico televisivo può finire in tre modi: si vince, si perde, si appartiene a mondi completamente opposti. La penna che non scrive è quella con cui stai per prendere un appunto importantissimo.

Farsi le canne è una delle poche attività che continuano a praticarsi pur essendo passate di moda. Nell'attesa di un pullman che non arriva si coglie l'insensatezza del vivere. Non parlare a vanvera, scrivile.

Le vere città esistono nell'immaginario.

Una volta un amico cretino mi ha detto che aveva paura di volare perché la natura non prevede che gli uomini volino; al che gli ho detto: «Guarda che è l'aereo che vola, mica tu», e da quel momento gli è passata la paura. Raccontare una cosa è sempre aggravarla. Non c'è amore che non possa finire a pesci in faccia.

Frasi studiate per farti sentire in colpa: 1) non preoccuparti per me, starò bene. Quelli che non rispondono quando gli fai una domanda vogliono farti sentire inferiore? Se ricordo a memoria l'Atto di dolore, un motivo ci sarà.

Il Pd è un partito autoimmune.

Nove volte su dieci, quando dico di essere stanco, mento senza motivo. Il cretino è sempre aggiornato. Frasi studiate per farti sentire in colpa: 2) sii felice.

Televideo Rai potrebbe almeno cambiare grafica. Che poi, piú che un Atto di dolore, era un'Istanza di condono. Frasi studiate per farti sentire in colpa: 3) ti amavo cosí tanto.

A volte guardando un pezzo di cielo dalla finestra mi prende un languore che mi riporta ai tempi in cui da bambino salivo su un nocciolo di cui conoscevo a memoria ogni ramo, e quant'ero agile in quel tempo, e lassú, dall'alto di quella pianta esile e giovanissima e sempre incinta, restavo per almeno un'ora a pensare, e cosa pensavo non so, ma sentivo quel languore, quella mancanza di qualcosa, chissà cos'era, mai saputo, e ancora oggi, in quei momenti di spaccati di cielo che ancora rubo dall'angolo della mia finestra mi dico: uno, cosa rubi spaccati di cielo, deficiente, ma come parli, e due, almeno da bambino eri agile.

Studiare è inventarsi qualcosa. Al turista antropologicamente sensibile non dispiace essere rapinato a Napoli. Se mi disgustano i ratti, perché dovrei farmi intenerire da un opossum?

Il jazz anni Trenta fa subito Natale al calduccio. Un suricato, magari sí. Frasi studiate per farti sentire in colpa: 4) se c'incontreremo, mi sorriderai?

Gli insegnanti che vanno a simpatia e antipatia hanno una spiccata simpatia per gli stronzi.

All'inizio degli anni Novanta si portava parecchio l'aggettivo «versatile». Tutti abbiamo pronunciato questa frase senza mai esserne all'altezza: «Bisognerebbe firmare un contratto che prevede una penale per ogni giorno di ritardo sulla mancata conclusione dei lavori». Se c'è una cosa umanamente impossibile, è ritirare la mano che stavi per dare a chi in quel momento era distratto.

Ho conosciuto tanti che hanno ammesso d'essersi appartati con la Barbie della sorella, ma nessuna che mi abbia confidato di aver fatto la stessa cosa con Big Jim. Il Grande Fratello Vip ha scoperto un sacco di vip. Solo a Napoli potevano aprire una rivendita di polli arrosto chiamata «Jean Poll».

Nel vivere, bisognerebbe sempre conservare una quota d'indifferenza.

I vip, alla fine del Grande Fratello Vip, non hanno partecipato a un programma televisivo, hanno compiuto un percorso. Nessuno mente come chi dice: «Se tornassi indietro rifarei tutto quello che ho fatto». La depressione non è democratica.

Tra non molto, la tendenza a scegliere un colore diverso per ogni stanza farà prescrivere l'espressione «imbiancare casa». Quando comincio ad apprezzare le belle giornate, mi viene il sospetto di essere infelice. I concorrenti del Grande Fratello Vip che partecipano al Grande Fratello Vip per vincolo di parentela, non sono epigoni del fratello di Parascandolo in *Cosí parlò Bellavista*?

I rapporti civili tra separati, non lo sono.

Sto cosí male che mi andrebbe persino d'incontrare per strada il mio amico cretino che dice sempre: «Sei tu che devi cambiare atteggiamento verso le cose». Nei lunghi viaggi in treno c'è una fase in cui le persone che ti circondano perdono lo sguardo nei finestrini (e tu lo vedi, che ricordano qualcosa che hanno perso), e si deprimono uno dopo l'altro. Ma qual è il compito che l'ecosistema affida alle blatte per giustificare la loro esistenza?

Trovo che l'inattività sia piuttosto creativa. C'è una domanda piú deficiente di «Come vorresti morire?» Il piú fallimentare dei dissuasori è il senso di colpa.

I have a dream (4): un film con i Teletubbies in carne e ossa, interpretati da Johnny Depp (Dipsy), Penélope Cruz (Tinky Winky), Naomi Watts (Laa-Laa), Danny DeVito (Po) e Giancarlo Magalli (Noo-Noo). Regia di David Lynch.

Il cielo mi piace anche bianchiccio. Ma se legalizzassero la prostituzione, le marchette poi sarebbero detraibili? Chi ha la stretta di mano forte dovrebbe considerare se quello a cui la stringe indossa un anello, cazzo.

Ci si diverte sempre per qualcosa di sbagliato. Ci sono chiodi che si ribellano ai martelli. Una cassiera di Poste italiane mi ha chiamato per nome, allora le ho chiesto: «Ci conosciamo?»; lei mi ha risposto che aveva il mio nome sul computer perché avevo prenotato il turno con la carta Postamat e tutti i presenti mi hanno riso in faccia.

La cruda verità è meglio dopo un giretto nel microonde.

Ci sono paesi dai nomi irresistibili, tipo Monteruscello o Cepagatti. Le delusioni d'amicizia sono piú frequenti di quelle d'amore. Anche Belsedere non è male.

Ogni primavera, il mio amico cretino dice anche che non tutto quello che ha fatto Mussolini era sbagliato. Quelli che girano con la fiaschetta nella giacca e bevono dove gli capita esistono solo nei film americani? Mai sentita un'esecuzione non stonata di *Tanti auguri a te*.

Chissà quali reazioni susciterebbe una vetrina che esibisse un manichino maschile con addosso dei pantaloni molto attillati su cui campeggiasse la scritta: «Possono provocare impotenza».

Quando mi hanno detto che «scotch» è un marchio volgarizzato (la prassi per cui il nome dell'azienda finisce per identificare il prodotto), ho realizzato che lo scotch non esiste. Ma vogliamo diventare un far west? Se è per questo neanche l'aspirina, il k-way, il cellophane.

Si perde il conto dei film in cui c'è la battuta «Non dirmi quello che devo fare». Non si potrebbe raddoppiare il sabato e abolire il mercoledí? Per non parlare della scena di quello che prima di uscire dalla stanza si ferma sulla porta, chiama per nome il tipo che rimane dentro che gli dice: «Sí?», e lui: «Grazie».

Quando vedo dei cani con certe acconciature che manco una signora apparecchiata per la prima alla Scala, penso: «Sai che cessi, se li vedi appena svegli».

Il pusher della leggenda metropolitana anni Settanta che regalava le caramelle con la droga ai bambini all'uscita da scuola non aveva capito bene quale fosse la sua fascia d'utenza. Un film tratto da una storia vera non denota mancanza di fantasia? Insomma, gli mancava un business plan.
Direi di sí. Il capotreno ha appena detto all'altoparlante: «Si ricorda che è vietato fumare anche nei bagni»; poi non ha fatto in tempo a chiudere il microfono e s'è sentito: «E che cazzo». «Il bambino non deve giocare, deve uscire a giocare» (il mio amico cretino).

A una certa età si smette di mangiare ghiaccioli.

Ci sono case che invecchiano malissimo. Alberico smonta e rimonta qualsiasi apparecchio gli capiti sottomano. Non dipenderà dall'infelicità di chi le abita?
C'è stato un tempo in cui «vacca» era considerata una parolaccia. Ma come facevamo senza aria

condizionata? Conosco un tipo che si è radicalizzato su YouPorn.

La cosa peggiore che può capitarti da vecchio è diventare stronzo.

Quando l'assistente di volo mima le istruzioni per l'uso delle maschere d'ossigeno in caso di depressurizzazione, la maggioranza dei giornali in corso di lettura viene improvvisamente sorretta da una sola mano. L'attitudine degli oggetti a nascondersi quando cadono non vorrà dire che si sono stancati di noi? L'entrata di una gnocca in un locale pubblico scatena innumerevoli tentativi d'indifferenza. Una volta mia nonna stramazzò lungo il corridoio per raggiungere il telefono che stava suonando (non c'erano i cordless, all'epoca) e quando ci precipitammo a soccorrerla, malgrado non riuscisse neanche a rialzarsi, con la voce arrochita dal dolore ci disse: «Non preoccupatevi di me, andate a rispondere». Quello in cui fumavo sigarette elettroniche e mi lavavo spesso le mani con i detergenti senz'acqua è stato uno dei periodi piú tristi della mia vita. Chi sfoglia l'elenco del telefono per piú di cinque minuti ha voglia di leggere una storia vera.

Lo scarafaggio che quando accendi la luce trovi in bella mostra sui fornelli della cucina tutto intento a cercare Capodistria con le sue antennine schifose, lo fa apposta a ignorarti mentre ti muovi al rallentatore alla ricerca del primo oggetto contundente?

Siete carini, che vi preoccupate sempre di capire se ho capito. Giuro che è vero: un piastrellista ha chiesto a un'amica quale motivo preferiva per la *topolatura* del salotto. Negli anni Settanta la middle class andava a operarsi in Svizzera per tornare a casa con l'orso di cioccolato in rilievo.

«La *topolatura*?», ha chiesto lei. Quando in amore t'intristisci a vanvera, puoi metterci la firma che stai diventando scemo. E lui le ha spiegato che *zoccolatura* gli sembrava volgare.

In casa c'è sempre qualcuno che fa sparire il tuo adattatore elettrico preferito, quello rotondo.

La commissione d'inchiesta non risolve il problema, però sembra che lo faccia. Una delle date piú falsificate è quella del primo rapporto sessuale. La ragione dell'esistenza delle isole deserte è di costituire una meta per i naufraghi.

Non è un vero e proprio fenomeno la tenuta ormai trentennale della vendita televisiva di materassi? E smettetela di dire tutti «drenare». Non c'è alcuna testimonianza che provi l'esplosione di una tetta siliconata in un aereo.

Il preservativo si trova sempre nel cassetto del comodino opposto.

Avvia una relazione stabile dopo mesi di bianco totale e riceverai almeno due proposte sessuali alla settimana. L'acconto Iva è quella tassa che piomba quando pensi di averle pagate tutte. Non c'è mostra anche bellissima in cui a un certo punto non ci si rompa i coglioni.

Se riassumi un problema, non sei in grado di affrontarlo. Il declino della borghesia è iniziato con l'abolizione dei portieri dei condominii. Conoscere profondamente una cosa impedisce d'immaginarla.

Piú del passaggio dai quaranta ai cinquanta, mi è pesato quello dai sette ai diciassette.

Dopo tanti anni non ho ancora capito se le abitudini mi rassicurano o mi deprimono. Giusto perché uno ha dei figli. Quando lasci che le cose seguano il loro corso, stai seguendo il corso di un altro.

Dio ha creato l'uomo e figurarsi se vogliamo togliergli il merito, ma perché poi l'ha schiaffato in una caverna? Se devo pagare per abitare in casa mia, allora non è casa mia, scusa eh. Proprietario terriero alla Creazione, proletario nella preistoria.

La manifestazione del miracolo è l'indizio.

La toilette di un bar che esponesse un cartello con su scritto «Comportatevi bene» farebbe scattare il senso di colpa dell'utente o lo istigherebbe a farla fuori dal vaso? Le volte (pochissime) che mi sono sentito figo, ho sempre dovuto ricredermi. Non riesco a ricordare nessuna canzone italiana che contenga il verbo «minimizzare».

Il brividino che dà ricevere a casa un prodotto acquistato in rete quanto differisce da quello che si prova rientrando a casa con uno comprato in un negozio? È così taccagno che ha disposto la vendita degli organi in caso di morte. Persone, oltre le pose.

È la responsabilità che assume te, non il contrario.

Alla Conad, tra un parto in extremis e un orsacchiotto recuperato, puoi fare anche la spesa. Chi ti consiglia di essere semplicemente te stesso, commette l'errore di pensare che tu ti piaccia. Nelle canzoni italiane, stelle fa sempre rima con pelle.

Il vero bugiardo mente quando non serve. Perché capire le cose quando si può semplicemente lasciarle lí? Una domanda: ma la pubblicità col nonno che prima racconta al nipote come ha fatto a conquistare la nonna (e già lí si vede che il ragazzo non sta morendo dalla voglia di ascoltarlo) e poi gli va a rovinare la rimorchiata con una tipa appena conosciuta dicendogli: «Sbrigati, che Giulia ti aspetta», mira a incentivare il ricovero dei nonni negli ospizi?

Per metterti una crema, devi crederci.

Berlusconi sta per pubblicare un romanzo. Il problema dello scrivere una scena di sesso è scegliere chi far stare sopra. Naa, scherzavo.

Giuro di aver visto una puttana in litoranea sotto un manifesto su cui c'era scritto: «Ottimo rapporto qualità/prezzo». C'è piú gente che finge di aver letto o piú gente che afferma di non aver tempo per leggere? Riparare una cosa che si guasta ti fa sentire padrone della tua vita.

Il bambino che domanda: «Papà, ma perché dobbiamo morire?», perché non lo chiede alla mamma?

L'italiano al volante diventa inflessibile sul rispetto delle regole da parte degli altri. I quiz psicologici che andavano un po' di anni fa e prevedevano la tripletta di risposte alternative *È vero / Non è vero / È vero in parte*, presupponevano che se sceglievi la terza risposta ti sentivi una persona complessa? Ci sono due categorie di vecchi: quelli che guardano il mondo con affetto e quelli che non lo guardano neanche piú.

I bagnanti adulti che si fanno trascinare dagli animatori turistici a fare il gioco dell'aperitivo e ridono quando gli si schianta addosso il palloncino pieno d'acqua lanciato da quelli della squadra avversaria, ma si rendono conto? Gli scatarratori stradali lo sono per discendenza diretta. E l'animatore turistico che viene a salutarti all'ombrellone e ti chiede: «Come mai lei legge?»

L'onestà andrà di moda, l'inettitudine ci va già.

Ho una certa età, ma quando vedo uno scatolone bello grosso (da lavatrice, tipo), per un attimo il pensierino di ritagliarci una finestrella e di ficcarmici dentro ce lo faccio. È in preoccupante crescita il numero di persone convinte che non rispondere al cellulare le faccia sentire molto richieste. Il consumo di massa di squacquerone è abbastanza recente.

I giorni in cui ti sembra di avere proprio un bell'aspetto non incontri nessuno. Ma siamo cosí sicuri che gli uccelli scagazzino a casaccio? Forse era quel nome disneyano a ostacolare lo squacquerone sul piano merceologico.

Io ce lo vedo, un piccione che punta uno da trenta metri d'altezza e pensa: «Adesso a quello lí gli cago in testa, ah ah ah».

Cos'hanno di cosí misteriosamente meraviglioso le case dei nonni? Quando prendi un palo, fai sempre finta di non averlo preso. Uno che beneficia di una reputazione che non merita, perché non smentisce?

Ma cosa ti attacchi al clacson, che sto mandando un messaggino. Forse, l'idea della dépendance. La moltiplicazione delle compagnie aeree a basso costo non ha inciso affatto sull'andatura manageriale del cretino da aeroporto.

Mettiamo che Dio esista: perché dovrebbe punirmi per non aver creduto in lui, quando al momento opportuno potrebbe limitarsi a dirmi: «Vieni avanti cretino»?

La somiglianza tra un cane e il padrone diventa impressionante quando il cane sta seduto in macchina accanto al padrone. Il nonno moderno non si gode i nipoti, li mantiene. Ma sono diventati tutti economisti, qui da noi?

Alberico ha ascoltato *La guerra di Piero* e ha scagliato i suoi soldatini dalla finestra. La videoconferenza è l'invenzione che ha svelato l'inutilità della maggior parte delle riunioni di lavoro. Il calduccio sotto le coperte è una categoria dello spirito.

La smaterializzazione del denaro è quel fenomeno che consente al denaro di materializzarsi nelle tasche di qualcun altro.

In un ristorante stellato, nominare la scarola provoca un certo imbarazzo. Gli uomini che in pubblico parlano sempre bene delle donne non hanno capito che in questo modo se le fanno, ma amiche. La bietola invece è raffinata.

Quando sei in fila al supermercato dove funziona una cassa su tre, e ti capita di pensare che se ci fosse una cassa automatica ti saresti già sbrigato, stai sociologicamente licenziando qualcuno. Un gesto davvero difficile da compiere è cancellare il numero di una persona morta dalla memoria del telefono. La faccenda abbastanza spaventosa delle signore in là con gli anni piantate davanti alle slot machine delle tabaccherie è che ormai manco le vedi, quando vai a comprare le sigarette.

La maturità classica è un'altra cosa.

La girandola colorata che mi mette in attesa dell'apertura di un'applicazione sarà il motivo per cui un giorno aprirò gli occhi al cospetto dei frantumi del computer e capirò che a scaraventarlo contro il muro sono stato io. Visto come siamo ridotti, perché non fare un *X Factor* a tema politico? Adesso sembra quasi che bere il bianco sul pesce sia diventato cafone.

Alla fine s'è capito che il mondo dei robot aveva ben poco di fantascientifico. I miei gusti, piú che ricercati, sono latitanti. Credevo che il suo amore per me avesse fatto il suo tempo, infatti era cosí.

Le inimicizie scolastiche sono le piú durature.

Chiunque abbia inventato il detto «Hai voluto la bicicletta? Pedala!» vada a farsi fottere. Che fine fa la nostra canzone quando ci lasciamo? L'equivalente tedesco del detto della bicicletta è: «Finisci a cucchiaiate la zuppa in cui hai sbriciolato il pane» (che popolo).

Non ho mai capito a cosa servano i testimoni di nozze. L'invenzione dei Tic tac nasce dalla necessità di combattere l'alitosi nei luoghi di lavoro? Prova ad approfondire in rete i sintomi di una malattia che sospetti di avere e l'avrai.

La gentilezza è un eccesso naturale.

I gruppi di cittadini che protestano nei talk show scelgono sempre male quello che parla al microfono. Noialtri nati nei Sessanta, ogni tanto ci vantiamo del fatto che ai nostri tempi vedevamo solo la Tv dei Ragazzi e Carosello. Non dimenticherò mai il giorno in cui «Il Mattino» titolò in cronaca: *Bruce Lee sarebbe deceduto nella casa di un'attrice cinese.*

Se quello che ti sta seduto accanto in aereo ti rivolge la parola solo in fase d'atterraggio, si sta cacando sotto. Da bambino mi rosicchiavo le unghie e non c'era verso di farmi smettere, cosí mio padre mi comprò Unghial, uno smalto repellente che aveva un sapore amarissimo, ma mi piaceva pure quello. Ci sono conoscenti che ti fermano per strada e ti chiedono «Dove vai?» come se avessi derogato agli arresti domiciliari.

Ho sviluppato un algoritmo che mi ha fatto un elenco dettagliato dei miei prossimi fallimenti.

Ci sono parole che sembrano venire da un mondo piú bello di questo: che so, «passacaglia». Tutti abbiamo fatto una cosa per primi senza che nessuno lo sapesse. «Ho solo bisogno di un po' di tempo» vuol dire: «Non ho ancora capito se l'altra storia continua o è già andata a puttane».

La prima figura di merda non si scorda mai. Sempre secondo il mio amico cretino, Mussolini oggi sarebbe un moderato. La mia ragazza? Mah, non so: stiamo vivendo delle emozioni.

Chi si sente utile non è felice.

Mai fare l'errore di rivedere un film che hai amato molto e che ricordi appena. Da giovani, l'umore dipende sostanzialmente dall'aspetto dei capelli. Le persone sensibili piangono anche per i soldi.

Quando un cantante dice: «Erano giorni che la canzone mi gironzolava in testa, poi una mattina mi sono messo al piano ed è venuta tutta di getto», garantito che l'ha scritta un altro. Ammettiamolo: si stava meglio con la Dc. Che poi, possibile che si mettano sempre di mattina, al piano, 'sti qua?

Ho ricevuto questa bellissima lettera di rifiuto da Roberto Calasso, che ci tengo ad allegarle.

Una frase come: «M'interessa unire i generi, non dividerli», poteva dirla Frank Zappa. Che delusione scoprire che *cowboy* voleva dire «guardiano di mucche». I tenaci mi annoiano.

Perché, appena uno inizia a parcheggiare, l'automobilista dietro scuote la testa come se fosse il suo istruttore di scuola guida? Dovrebbero inventare un'applicazione che urla «E piantala, deficiente» ogni volta che rientri in casa per controllare se hai chiuso il gas. Quando ti dicono «Prendere o lasciare», lascia.

La domenica pomeriggio si viene visitati dai fantasmi dei professori del liceo.

«Vediamo di capirci» è un'intimidazione. Ma i girasoli di·Van Gogh devono piacermi per forza? Darsi la mano durante la Santa Messa è un gesto di socializzazione, semmai, mica di pace.

Chi invecchia male fa i capricci. Al quarto squillo senza risposta, vorresti non aver telefonato. Comunque, la Santa Messa è il testo piú longevo della storia del teatro.

Le monete con cui hai riempito il salvadanaio non ti ripagheranno del porcellino perduto.

È chiaro che devi essere un genio per andare in scena ogni giorno in tutto il mondo col remake di un rito cannibalico. Non è interessantissima la molteplicità dei modi in cui gli animali bevono? Il segreto del grande successo del copione della Santa Messa è che alla fine il pubblico si alza, raggiunge il proscenio e assume il ruolo dell'apostolo mangiando una cialda insipida.

Quando un cantante famoso fa un capodanno in piazza, quello che mi chiedo è se non abbia nessuno con cui trascorrerlo. D'accordo, ma non sarebbe ora di aggiornarlo un po', il plot della Santa Messa? Le parafarmacie stanno chiudendo.

Quelli che ti fanno raccontare la barzelletta intera, e un attimo prima della battuta dicono «La so», sono stati poco amati dai genitori.

L'introduzione è un modo per dire: «Comportati bene, adesso che entri». Chissà perché la fuoriuscita di peli da certe zone del corpo, tipo il naso, è più disgustosa che da altre, tipo le ascelle. Secondo me i libri che t'insegnano a fare ordine in casa liberandoti degli oggetti inutili sono guide psicologiche alla separazione.

Per non parlare delle orecchie. Ma non sarebbe meglio avere in giro un po' più di gente drogata, invece che stronza? Non ho mai cacciato fuori nessuno: chissà cosa si prova.

Peppino era più bravo di Totò.

È molto più facile regalare a tuo figlio una motocicletta che chiedergli se ha qualcosa che non va. Gli attori che dicono «Non mi rivedo mai» la facessero finita. Secondo me è più facile chiedergli se ha qualcosa che non va.

Racconta una merdata che ti ha fatto un ex amico alla persona che ami, e al primo litigio la tirerà fuori per dirti che eri tu ad avere torto. La flessibilità è l'attitudine del mercato del lavoro a inchiappettare il lavoratore al di fuori di una relazione stabile. La canzone piú brutta degli anni Ottanta era *The Final Countdown*, *Ci vorrebbe un amico* o *Noi, ragazzi di oggi*?

Filumena Marturano è un classico e va be', ma voi ce lo vedete un puttaniere danaroso, nullafacente e godereccio come Domenico Soriano che va in crisi di coscienza genitoriale e per redimersi non solo porta all'altare la donna che ha cercato di truffarlo ma adotta pure i suoi tre figli perché lei, dopo essersi finta moribonda per farsi sposare in punto di morte, non gli ha voluto dire quale di loro era suo?

La crisi economica potrebbe facilitare il ritorno del matrimonio d'interesse. Quando ti riconosci nel personaggio di un film che fa qualcosa di spregevole, te la stai vedendo con un regista. Le città che non ti fanno sentire mai solo non sono città.

Ogni tanto in Italia parte una crociata contro le puttane. Ce ne fosse uno che a Natale avesse il coraggio di mandare un messaggino cosí: «Ti auguro di vedere il minor numero di parenti possibile, non partecipare ad alcuna tavolata, non far regali e soprattutto non riceverne, concederti una settimana di arresti domiciliari allo scopo di non fare un cazzo, staccando il telefonino e fingendo anche di non essere in casa se vengono a bussare».

In ogni appartamento ci sono pareti che producono rumori inspiegabili, ma solo in circostanze in cui vale la pena preoccuparsi.

Premesso che un asino e un bue non prenderebbero mai l'iniziativa di alitare all'unisono su un neonato di razza umana per trasmettergli un po' di calore (e che dunque il loro apporto termico non possa che essere esecuzione di un ordine divino), non si sarebbe potuto scegliere un ambiente adeguatamente climatizzato come location della nascita del Bambin Gesú?

Dopo quello che c'è stato tra noi, sarebbe meglio non ci salutassimo. Poi dico: dei re Magi che arrivano, uno che portasse una coperta. Deciditi: o parli con me o guardi il telefonino.

Lo scopo dei film catastrofici con i subacquei dimenticati nell'oceano o gli sciatori bloccati sulla seggiovia con i lupi sotto che ululano, è di far sentire lo spettatore fortunato? Dubito della sincerità di chi afferma di usare il filo interdentale. A Napoli, i venditori ambulanti di calzini, se neanche «Dottò, mi posso permettere, con la massima educazione?» sortisce effetto, ti chiamano Richard Gere.

Bel problema, ereditare un impero.

Però la gente si confidava, nei brutti treni di una volta. Non è deludente vedere due che in una serie tv si detestano fare gli amiconi sulle copertine dei giornali? Niente contro i pop corn, ma davvero non capisco a cosa servano, a parte rimanere attaccati ai denti.

Quando apro un libro di scuola di mia figlia, mi domando come ho fatto a diplomarmi. Perché mai Kant e Hegel dovrebbero essere (come recita la pubblicità delle dispense settimanali) alla portata di tutti? Quello che c'era da sapere sull'eroina l'ha detto Finardi nella prima strofa di *Scimmia*.

Ne avessi uno, di ricordo affidabile.

Avere un'alternativa complica la vita. Una volta ho preso un taxi e l'autista mi ha detto: «Le dispiace se prima passiamo a prendere mia moglie? Tanto è di strada». Ai tempi delle lire, con diciotto milioni al mese si stava benissimo.

Il cameriere che a una lunga tavolata dice «Alzi la mano chi vuole la Margherita» vorrebbe fare altro nella vita, o almeno quella sera. Ho incontrato una supplente che aveva sostituito l'insegnante di italiano per venti giorni ai tempi del liceo: era cosí contenta che l'avessi riconosciuta che non sono piú riuscito a darle della stronza. I gatti sdraiati sui cofani delle macchine mi fanno pensare che sto buttando via la mia vita.

L'occhio pigro, sarà che trova il mondo noioso?

Da ragazzo ti capitava di fare l'introspettivo per ore con una tipa che a fine serata, dopo che ti eri fatto un mazzo cosí a psicanalizzarla mentre gli amici erano andati a divertirsi, ti diceva che grazie a te aveva capito di amare ancora il suo ex fidanzato e anzi, sarebbe andata subito ad aspettarlo sotto casa. Cosa c'è stasera di bello su internet? A quel punto cercavi in tutti i modi di ritrovare i tuoi amici, ma non c'era il cellulare, allora.

Peggio di uno che ti trattiene parlandoti di sé è uno che ti trattiene parlandoti di sé e fa anche le palline di saliva agli angoli della bocca. Il vanitoso che incrocia uno specchio aggrotta subito le sopracciglia. I ragazzi che ogni tanto vedi per strada a offrire ABBRACCI GRATIS (con tanto di cartello appeso al collo) ai passanti, ma cosa gli prende?

Mi stavo preparando per andare dall'amante, poi sulla porta il cane mi ha guardato come a dire «Non farlo», allora l'ho dato via.

All'ultima cena di classe, un'ex compagna oggi cinquantaquattrenne è venuta con il diploma di maturità per dimostrare a noi tutti che, contrariamente alle voci che girarono all'epoca, non aveva preso 58 ma 60. Curioso che De André non abbia mai scritto una canzone sulle badanti. Al che uno di noi le ha detto: «Eddài, Antone', oggi quelli te li fai a casa con una stampante da 60 euro», e lei s'è messa a piangere.

La vostra generazione ha perso, la mia neanche giocato. La prego, mi prenda sul serio: il teatro è una dannazione piú che una vocazione. Quando ritrovi un vecchio amico dopo molti anni ti sembra che il tempo non sia passato, se lo riconosci.

Sai, ieri notte ti ho sognato: mi chiedevi di fare l'amore, io rifiutavo. Adesso ho un peso sulla coscienza.

«Quanto mi manca e quanto *non* lo conoscevo», mi dice il mio piú caro amico parlando di suo padre, e io penso che sia la cosa piú bella che si possa dire di un padre. Guardi, quello che amo del mio lavoro è che fare l'attore ti dà la possibilità di vivere tante vite diverse. Non servono parole di comprensione, ma parole di difesa.

Quando un moscone entra in casa, ogni attività viene sospesa e si assumono provvedimenti immediati. Cosa vuole che le dica… sempre piú spesso ho l'impressione di essere sincero solo quando recito. Scommetto che lo dici a tutte.

Le belle persone non cambiano il mondo, però gli fanno fare delle figure di merda.

Grazie signor attore, non mi ero mica accorto di aver telefonato a Kenneth Branagh. Ma i mosconi non li vedono i vetri, che li prendono sempre a capate? Una delle seccature del cominciare ad avere una certa età, è che ogni giorno becchi il coetaneo che te lo ricorda.

Tutto qui, il Duemila? Se vuoi rinculare, prendi un problema di petto. Quelli che fanno jogging dribblando la gente che affolla le strade nei giorni di festa sono dei provocatori.

Una volta ho colpito un moscone in volo con «il venerdí di Repubblica», quello è saltato in aria dall'aria, ha abbassato di cinque tacche il volume dello *zzzz* isterico con cui aveva stupidamente attratto la mia attenzione, ha fatto un po' di sinusoidi aeree da moscone avvinazzato e poi, invece di planare sul pavimento per trapassare con un minimo di dignità, ha pensato bene di puntare il balcone per mollare un'ultima capata al vetro, in modo da rimbalzare goffamente all'indietro e precipitare a peso morto senza un filo di eleganza.

Davvero pensi che se avessi voluto tradirti lo avrei fatto con il tuo migliore amico? Questo però devo dirlo: da quando, a quattordici anni, ho sentito *La morte della mosca* di Claudio Lolli, ogni volta che faccio fuori una mosca mi sento in colpa. A trent'anni dalla laurea, ancora sogno che mi mancano quattro esami per finire.

Infatti: proprio perché *non è* il tuo migliore amico, dovresti ridimensionare l'accaduto e dargli il peso che ha. Il problema è che nel sogno non ho trent'anni di meno, ma la mia età attuale. I mosconi, invece, potrei eliminarli anche con Lolli in sottofondo.

Ogni tanto scompare un testimone del nostro tempo che non ha mai deposto.

C'è qualcuno che riesca a pronunciare la parola «viaggio» senza darle quell'enfasi del cazzo? Chiedi chi erano i Dik Dik. Non è meglio l'undicesimo posto del decimo?

Non è come lo dici, ma come lo pensi. Sai cos'è l'isola di Wight? Non capisco perché, se ottieni un risarcimento in una causa per diffamazione, poi dovresti dare i soldi in beneficenza.

La stupidità di un decennio è tutta nell'hair-styling.

Io, se vincessi una causa per diffamazione, mi procurerei il numero di chi mi ha diffamato per mandargli sistematicamente su WhatsApp le foto degli alberghi in cui sono andato a sputtanarmi i suoi soldi. Sostituisci il talento al merito, e tutto verrà da sé. Il destino piú triste di uno stroncatore senza piú credito è continuare a recensire.

Lo spirito con cui mangio un dolce alla panna con la ciliegia in cima non è piú lo stesso da quando ho visto *C'era una volta in America*. Ma che significa «Lui mi fa ridere?» Il grande cinema è questa cosa qui.

Quando sono di buonumore, poi mi passa.

Ma che significa «Ho bisogno di vivere questa fase?» La parte piú venduta del corpo umano è la faccia, e pure a prezzi modici. La gente ai buffet dimostra cosa pensa davvero della convivenza civile.

Ma che significa «In quel momento avrei voluto che mi baciasse?» Un amico viene a cena, sulla porta mi porge una bottiglia di Brunello, ordina: «Scaraffala», e io resto lí col vino in mano in attesa di una traduzione. Questo si chiama conflitto d'interessi.

Quando sento la mancanza di me stesso, non so a chi rivolgermi.

Non vedo l'ora di andare all'opposizione, cosí insorgo. Se cominci a conservare gelosamente i giocattoli di quand'eri bambino stai invecchiando. Il nostro bilancio è on line: chi non ha un cazzo da fare, controlli pure.

Le cene piú divertenti sono quelle a cui non vai. Stavo andando alla toilette con il mio computer sottobraccio, temendo che me lo rubassero, una signora mi ha guardato male e io le ho detto: «Non è come pensa». Chissà se, oltre al cavallo, ci sono altri quadrupedi capaci di cacare in corsa.

Io un sex symbol? Dovreste vedermi la mattina quando porto i bambini a scuola.

Magari per i politici ignoranti si potrebbe istituire un sistema di penalità simile a quello dei punti della patente: ogni cappella si somma alle precedenti; raggiunto un ammontare, metti, di dodici figure di merda in un anno, sei fuori dal Parlamento. L'indifferenza e il distacco sono sí delle armi di fascino, ma dei belli. Puoi riabilitarti, ma solo sottoponendoti a sei mesi di alfabetizzazione coatta in una comunità di recupero.

I cantanti rock, nelle interviste, sono cosí equilibrati e giudiziosi che ti domandi perché non abbiano fatto gli insegnanti. Guardi che Berlusconi ha gli stessi problemi che ha lei. Il consulente finanziario che nella pubblicità incrocia le braccia davanti alle vetrate dell'ufficio che affaccia sui grattacieli, ma che cazzo ha da sorridere?

«Ho solo te» è la dichiarazione d'amore del disgraziato.

Vi prego, non parlate di rivoluzione digitale a un ex ladro di autoradio. La maggior parte delle persone a cui sono state dedicate delle canzoni d'amore non lo meritavano. Non sono razzista, sono intollerante al pH dei ghanesi.

Ah, il brivido d'interesse delle percentuali dei sondaggi aggiornate ogni ora. Il merito delle soap opera è aver affermato il principio per cui anche i brutti possono avere cittadinanza amorosa. Che mondo sarebbe, senza mozzarella in carrozza.

A volte, camminando in una domenica tersa d'inizio ottobre lungo un sentiero di montagna leggermente in pendenza, mentre respiro quell'aria perfetta, a momenti scheggiata dal volo di un uccello dal colore inafferrabile, mi capita di pensare perché non sono rimasto sul divano.

Chiunque abbia suonato in un gruppo rock vi dirà che per un periodo andavano davvero forte, e si sono sciolti quando gli sarebbe mancato davvero poco per farcela. Ma John Wayne non aveva la faccia di uno che si rompeva i coglioni? Il pigiama macchiato è sempre il piú comodo.

Quelli che ti fanno lo spiegone storico sul battistero della loro città, e aspettano che tu faccia sí con la testa a ogni frase, se ne accorgono che sbatti i piedi per terra? È impossibile prendere in mano «La Settimana Enigmistica» senza sleggiucchiare almeno una dozzina di vignette, provando un particolare affetto per quelle che non fanno ridere. Ma perché andiamo a trovarli, poi?

Attento al cinquantenne che incontri per strada e ti dice che ora sí che apprezza veramente la vita, perché all'improvviso scoppia in lacrime e ti abbraccia.

Uno dei pochi cornetti che mangio senza senso di colpa è quello che segue un prelievo di sangue. Il selfie è un trucco in senso cosmetico. Ogni volta che compilo un questionario, misuro la mia insofferenza per i miei dati personali.

Ho provato con un bicchiere di vino e un panino, ma la felicità non è venuta. Nessuno ha piú la nostra completa attenzione. Buongiorno, vorrei un romanzo che ho visto ieri in televisione, aveva la copertina blu e c'era uno che camminava.

A uno come me, non verrebbe mai in mente di fare una cosa come ingrandire un cromosoma umano migliaia di volte.

Ci fosse un ex fumatore disposto ad ammettere che gli si spezza il cuore quando vede qualcuno che si accende una paglia. Conosci te stesso, anche se non servirà a molto. Una volta, a uno di quegli automobilisti stronzi che guardano con disprezzo i pedoni borbottando insulti chiaramente leggibili in labiale, gli ho sputato sul cristallo ad altezza faccia e sono scappato a gambe levate.

In un lounge bar che si chiamasse «Il cinquantenne allo sfascio» si acchiapperebbe? *Tu sei l'acqua dopo il fuoco | non ti lascio piú | Uh uh uh*. Le brutte somiglianze sono peggiori delle brutte copie.

Non sopporto chi parla del piú e del meno in modo sciatto.

C'è sempre un politico che dice: «Non dimentichiamoci che questo è il Paese che ha lanciato le monetine a Craxi», come se la frase avesse senso in sé. Se volete, possiamo fare degli assaggini. Chi cambia idea cambia se stesso.

Ma perché quando ordino un piatto e il cameriere si congratula per la scelta penso sempre che mi stia prendendo per il culo? Nelle serate in cui si discute, la requisitoria è molto piú gettonata dell'arringa. Dovresti avere piú fiducia nei camerieri.

Abbiamo cambiato il mondo, ma è venuto peggio.

Canzoni, film, serie tv e opere citate decisamente a capocchia.

L'ultima neve di primavera (Raimondo Del Balzo).

Il venditore di palloncini (Mario Gariazzo).

La bellissima estate (Sergio Martino).

I promessi sposi (Alessandro Manzoni).

Gli occhi di tua madre (Sandro Giacobbe, Daniele Pace, Oscar Avogadro).

Signora mia (Sandro Giacobbe, Daniele Pace).

Ulisse (James Joyce).

The Walking Dead (Robert Kirkman, Frank Darabont).

Questo piccolo grande amore (Claudio Baglioni, Antonio Coggio).

The Young Pope (Paolo Sorrentino).

Gomorra – La serie (Giovanni Bianconi, Stefano Bises, Leonardo Fasoli, Ludovica Rampoldi, Roberto Saviano / Stefano Sollima, Francesca Comencini, Claudio Cupellini, Claudio Giovannesi).

Nel blu dipinto di blu (Franco Migliacci, Domenico Modugno).

Uccellacci e uccellini (Pier Paolo Pasolini).

Poesia in forma di rosa (Pier Paolo Pasolini).

Samarcanda (Roberto Vecchioni).

Gloria (Giancarlo Bigazzi, Umberto Tozzi).

Voglio andare a vivere in campagna (Toto Cutugno).

Tutto quello che ho (Mattia Balardi, Stefano Ferrari).

Ancora tu (Mogol, Lucio Battisti).

Pensieri e parole (Mogol, Lucio Battisti).

L'amica geniale (Elena Ferrante).

La lingua geniale (Andrea Marcolongo).

Se mi lasci non vale (Luciano Rossi, Gianni Belfiore).

Quando (Pino Daniele).

Buonasera dottore (Paolo Limiti, Shel Shapiro).

That's amore (Harry Warren, Jack Brooks).

When the saints go marching in (Anonimo).

Teletubbies (Anne Wood, Andrew Davenport).

Le notti della luna piena (Éric Rohmer).

Il raggio verde (Éric Rohmer).

Il sapore della ciliegia (Abbas Kiarostami).

Anima mia (Antonello De Sanctis, Ivano Michetti, Flavio Paulin).

Nighthawks (Edward Hopper).

Snob (Paolo Conte).

C'eravamo tanto amati (Ettore Scola).

Vecchio frack (Domenico Modugno).

Mi sono innamorato di te (Luigi Tenco).

Mr. Robot (Sam Esmail).

Chiedi che erano i Beatles (Gaetano Curreri, Roberto Roversi).

Disperato erotico stomp (Lucio Dalla).

UFO (Gerry Anderson).

Montagne verdi (Giancarlo Bigazzi, Gianni Bella).

Cosí parlò Bellavista (Luciano De Crescenzo).

Happy birthday to you (Patty Hill, Mildred J. Hill).

La guerra di Piero (Fabrizio De André).

The final countdown (Joey Tempest).

Ci vorrebbe un amico (Antonello Venditti).

Noi, ragazzi di oggi (Cristiano Minnelono, Toto Cutugno).

Filumena Marturano (Eduardo De Filippo).

Scimmia (Eugenio Finardi).

La morte della mosca (Claudio Lolli).

L'isola di Wight (Alberto Salerno, Claudio Daiano, Michel Delpech, Roland Vincent).

C'era una volta in America (Sergio Leone).

Felicità (Cristiano Minellono, Dario Farina, Gino De Stefani).

Io mi fermo qui (Luigi Albertelli, Enrico Riccardi).

Stampato per conto della Casa editrice Einaudi
presso ELCOGRAF S.p.A. - Stabilimento di Cles (Tn)
nel mese di marzo 2018

C.L. 23672

Ristampa							Anno			
0	1	2	3	4	5	6	2018	2019	2020	2021